CATALOGUE

DE LA

BIBLIOTHÈQUE

De M. F. P..., de Londres

(OUVRAGES BIEN CONDITIONNÉS)

DONT LA VENTE AURA LIEU

Le Mardi 5 Décembre 1876 et les quatre jours suivants,

A SEPT HEURES ET DEMIE PRÉCISES DU SOIR

RUE DES BONS-ENFANTS, 28

(Salle nº 1)

Par le ministère de Me JUST ROGUET, commissaire-priseur,

Boulevard Sébastopol, nº 9.

PARIS

ANTONIN CHOSSONNERY, LIBRAIRE

DES BIBLIOTHÈQUES DE L'ARSENAL ET DE LA VILLE DE PARIS

47, QUAI DES GRANDS-AUGUSTINS, 47

1876

Paris. — Imp. Gauthier-Villars, 55, quai des Grands-Augustins.

CATALOGUE

DE LA

BIBLIOTHÈQUE

DE M. F. P..., DE LONDRES

ORDRE DES VACATIONS

1re Vacation : *Mardi* 5 *Décembre* 1876.

	Numéros.
Théologie, Jurisprudence	1—62
Sciences et Arts (*Sciences naturelles, médicales, Mathématiques, Sciences occultes, Franc-maçonnerie*). . . .	63—167
Beaux-Arts.	168—183

2e Vacation : *Mercredi* 6.

Beaux-Arts (*Architecture, Peinture, Sculpture, Gravure, Livres à figures, Orfévrerie, Numismatique*, etc.) . . .	184—294
Littérature	295—361

3e Vacation : *Jeudi* 7.

Littérature française (*Fabliaux, Romans de chevalerie, Réimpressions*).	362—440
Romantiques, Théâtre.	441—490
Sur l'Amour, les Femmes, le Mariage, Facéties, etc.	491—521
Polygraphes	522—557

4e Vacation : *Vendredi* 8.

Histoire de France et Pays étrangers.	558—726

5e Vacation : *Samedi* 9.

Histoire des Pays étrangers, Biographie et Bibliographie.	727—808
Supplément.	809—870

A la fin de cette Vacation, il sera vendu environ 500 volumes en lots.

CONDITIONS DE LA VENTE

Les Acquéreurs payeront, selon l'usage, CINQ POUR CENT en sus des enchères, applicables aux frais de vente.

Les Livres sont garantis COMPLETS ET EN BON ÉTAT, sauf indication contraire. Ils doivent être collationnés sur place et dans les vingt-quatre heures de l'adjudication.

M. A. CHOSSONNERY, Libraire-Expert, chargé de la vente, remplira les Commissions des personnes qui ne pourraient y assister.

CATALOGUE

DE LA

BIBLIOTHÈQUE

De M. F. P..., de Londres

OUVRAGES BIEN CONDITIONNÉS

DONT LA VENTE AURA LIEU

Le Mardi 5 *Décembre* 1876 *et les quatre jours suivants*.

A SEPT HEURES ET DEMIE PRÉCISES DU SOIR

RUE DES BONS-ENFANTS, 28

(Salle n° 1)

Par le ministère de Me JUST ROGUET, commissaire-priseur,

Boulevard Sébastopol, n° 9.

PARIS

ANTONIN CHOSSONNERY, LIBRAIRE

DES BIBLIOTHÈQUES DE L'ARSENAL ET DE LA VILLE DE PARIS

47, QUAI DES GRANDS-AUGUSTINS, 47

1876

CATALOGUE

DE LA

BIBLIOTHÈQUE DE M. F. P***

Théologie.

1. La Sainte Bible, contenant l'Ancien et le Nouveau Testament, avec un commentaire littéral, par le R. P. de Carrière, oratorien. *Paris*, 1750, 6 vol. in-4, cart., v. br.

2. Nouvelle Vie de Jésus, par le docteur Strauss. *Paris, s. d.*, 2 vol. in-8, br.

3. Les Fils de Dieu. — La Genèse de l'humanité. — La Bible dans l'Inde. Par Louis Jacolliot. *Paris*, 1873-1875. — Ens. 3 vol. in-8, br.

4. Vie de Jésus. — Les Apôtres. Par E. Renan. *Paris*, 1866, 1873. — Ens. 2 vol. in-8, br.

5. Les Apôtres. — Saint Paul. — L'Antechrist. Par E. Renan. *Paris*, 1866-73. — Ens. 3 vol. in-8, dem.-mar. rou., av. coins, tr. sup. dor., n. rog.

6. L'Histoire du Vieux et du Nouveau Testament, par de Royaumont. *Bruxelles*, *Friez*, 1713, 3 vol. in-12, nombreuses fig. montées, dem.-mar. rou.

7. Histoire littéraire de l'Ancien Testament, trad. de l'all. par Hartwig Derenbourg et Jules Soury. *Paris*, *Sandoz*, 1873, in-12, dem.-mar. br., avec coins, tr. sup. dor., n. r.

8. Histoire populaire du christianisme, par Leconte de Lisle. — Histoire populaire de la Révolution française. — De l'Enseignement de notre langue, par Marty-Laveaux. *Paris*, *Lemerre*, 1871-73, 4 vol. pet. in-12, br.

9. Le Génie du christianisme, par de Chateaubriand. *Paris*, *Pourrat*, 1838, gr. in-8, illustré, portr., chag. v., larges dent., tr. dor.

10. Trattato de gli instrumenti de martirio et delle varie maniere di martoriare usate dá gentili contro christiani, opera di Antonio Gallonio romano. *Roma*, 1591, in-4, 45 figures de Tempeste, dem.-bas. (*Court de marges.*)

11. El Daniel Cortesano en Babilonia, Susannam, y Echatanam, prisionero de Nabuco, en la ocupacion de Israel, del rev. señor D. Fr. Joseph Laisnez. *Madrid*, 1644, pet. in-fol., bas. m., fil.

12. Histoire des États de l'Eglise depuis la première révolution française jusqu'à nos jours. *Leipzig*, 1860, gr. in-8, dem.-mar. rou.

13. Histoire de Grégoire VII, précédée d'un discours sur l'histoire de la papauté jusqu'au XIe siècle, par M. Villemain. *Paris*, *Didier*, 1873, 2 vol. gr. in-8, dos et coins de maroq. Lavall., tr. peig.

14. Histoire du concile de Constance, par Jacques Lenfant, nouv. édition. *Amst.*, 1727, 2 vol. in-4, portr., v. m.

15. L'Imitation de Jésus-Christ, trad. nouvelle de l'abbé Dassange. *Paris*, *Curmer*, 1842, gr. in-8, texte encadré et jolies figures de Johannot, rel. en toile.

16. De Imitatione Christi libri quatuor. *Paris*, *Edw. Tross*, 1858, in-64, mar. v. à compart.

Jolie petite édition imprimée en caractères microscopiques.

17. Instruction sur les estats d'oraison, où sont exposées les erreurs des faux mystiques de nos jours, par J.-B. Bossuet. *Paris*, *Jean Anisson*, 1697, in-8, v.

Edition originale.

18. Oraisons funèbres de Bossuet, Fléchier et autres orateurs, pub. par MM. Dussault et Théry. *Paris*, *Janet*, 1826, in-8, portraits, dem.-chagr. noir, tr. dor.

19. Petit Carême de Massillon, évêque de Clermont. *Paris*, 1827, in-8, br. (*Légères piqûres d'humidité.*)

20. Catéchisme et Abbrégé des controverses de nostre temps, touchant la religion. Avec verification de quelques passages impugnez de faux par quelques ministres, par Guill. Baile. *A Bourdeaus*, *par S. Millanges*, 1608, in-12, vél.

Bel exemplaire, à grandes marges, de cet ouvrage rare.

21. Bibliothèque sacrée grecque-latine, comprenant le tableau chronologique, biographique et bibliographique des auteurs inspirés et des auteurs ecclésiastiques, depuis Moïse jusqu'à saint Thomas d'Aquin, par Ch. Nodier. *Paris*, 1826, in-8, cart., n. r. (*Rare.*)

22. Origine de tous les cultes, ou Religion universelle, par Dupuis. *Pasir*, 1835-36, 10 vol. in-8 et atlas in-4 de 22 pl., br.

23. Histoire pittoresque des religions, doctrines, cérémonies et coutumes religieuses de tous les peuples du monde anciens et modernes, par Clavel. *Paris*, 1844, 2 vol. gr. in-8, illustrés, dem.-chagr.

24. Histoire véritable des temps fabuleux, par Guérin du Rocher. *Paris*, 1776-79, 4 vol. in-8, v. m. (*Bel exemplaire.*)

On a ajouté un quatrième volume : l'Histoire véritable des temps fabuleux confirmée par les critiques qu'on en a faites, par l'abbé Ch... *Liége*, 1779.

52. Lettres à Emilie sur la mythologie, par Demoustier. *Paris*, *Furne*, 1860, gr. in-8, fig., demi-rel. v. bleu.

Edition ornée de 12 figures de Moreau le jeune, gr. par Doherty.

26. Pour et contre la Bible, par Sylvain Maréchal. *A Jéru salem* (*Paris*), 1801, in-8, v. rac., fil.

27. Les Evangiles annotés, par P.-J. Proudhon. *Bruxelles*, 1866, in-12, demi-maroq. avec coins, tr. sup. dor., n. r. — Les Actes des apôtres. *Bruxelles*, 1867, in-12, br. — Du Principe fédératif et de la Nécessité de reconstituer le parti de la Révolution (par le même). *Paris*, *Lacroix*, 1868, in-12, demi-maroq. rou. avec coins, tr. sup. dor., n. r. — Ens. 3 vol.

28. Discours ecclésiastiques contre le paganisme des roys de la Fève et du Roy-Boit, pratiqués par les chrétiens charnels en la veille et au jour de l'Epiphanie de N.-S. Jésus-Christ, par Jean Deslyons. *Paris*, *Guil. Desprez*, 1664, in-12, v. gr. (*Piqûres de vers.*)

29. Le Imagini de gli Dei de gli antichi del signor Vincenzo Cartati Reggiano, nelli quali sono descritte la Religione de gli Antichi, li Idoli, Ritti, et ceremonie loro, per Cesare Malfatti. *Venetia*, 1625, in-4, nomb. fig., vél.

30. Mascarades monastiques et religieuses de toutes les nations du globe, par Rabelli. *Paris*, 1793, in-8, dem.-chagr. Laval., dos orn. (*Les figures manquent. Taches d'huile aux 3 dern. ff.*)

31. Histoire de la Révolution religieuse ou de la Réforme protestante dans la Suisse occidentale, par de Haller. *Paris*, 1837, in-8, dem.-m. r.

32. Mémoires de Luther, trad. et mis en ordre par Michelet. *Paris*, *Hachette*, 1835, 2 vol. in-8, dem.-ch.

33. Institution de la religion chrétienne, par Calvin, trad. de Charles Icard. *Genève*, 1818, 3 vol. in-8, dem.-v. f.

34. Le Légat de la vache à Colas, de Sédège, complainte huguenote du XVIe siècle, publ. par M. Em. Vasse. *Paris, Académie des bibliophiles*, 1868, in-18, pap. vergé, dos et coins de maroq. rou., tr. sup. dor., n. rog.

35. Cinquiesme article accordé pour la doctrine de la communion soubz les deux espèces, et publié au sacrosain œcumenique et general concile de Trente, avec la réformation du décret. *Paris, par Guill. de Nyverd, s. d.* (1562), pet. in-8, vign. sur le tit., maroq. rou. anc., dent. int., tr. dor.

Rare. Bel exemplaire.

36. Confession de la foy chrestiene, faite par Théodore de Besze, contenant la confirmation d'icelle. *A Genève, par Jean Crespin*, 1564, pet. in-8, maroq. brun, dent. intér., tr. dor. (*Rel. jansén. de Hardy.*)

Rare. Bel exemplaire, malgré de légers raccommodages aux trois premiers feuillets.

37. Les Plaintes des protestants, cruellement opprimez dans le royaume de France. *Cologne, chez P. Marteau*, 1616, pet. in-8, maroq. rou. du Levant, dent. int., tr. dor. (*Hardy.*)

Rare. Bel exemplaire.

38. Recherche dans la ville de l'Eternel, sur l'état présent et à venir de l'Eglise et sur la destinée de ses ennemis. En particulier sur la cheute prochaine de la hierarchie papale, sur les événemens des réformez de France, etc. *Amst.*, 1689, pet. in-8, maroq. rou., dent. int., tr. dor (*Hardy.*)

Bel exemplaire de ce rare et curieux ouvrage.

39. Histoire nouvelle de la révolte des Sévennes. *Amsterdam, Jacques Desbordes*, 1720, in-12, v. ant., fil., dent. à froid. (*Rare.*)

40. Les Provinciales, ou Lettres écrites par Louis de Montalte à un provincial de ses amis et aux RR. PP. Jésuites. *Cologne, Nicolas Schoute*, 1666, in-12, maroq. rouge, dent. intér., tr. dor. (*Hardy.*)

Bel exemplaire. Hauteur, 130 millimètres.

41. PASCAL. Lettres à un provincial. — Pensées. Publ. par M. Villemain. *Paris, Emler*, 1828, 2 vol. in-8, br.

42. La Doppia impiccata, o vero expositione della necessità all' Augustissimo Tribunale della Sapienzo. *Orbitello (a la Sphère)*, 1667, in-12, vél. — Heinsii (Nic.) In prudentium adnotata. *Amst., Dan. Elzevirium*, 1667, pet. in-12, v.

43. Les Anges de la Bible, ou les Anges auprès de l'homme, par A. Guillemin. *Paris,* 1854, 2 vol. in-8, dem.-chagr. bl.

44. Le Diable peint par lui-même, ou Galerie de petits romans et de contes merveilleux, par Collin de Plancy. *Paris,* 1825, in-8, frontisp., dem.-v. rose, av. coins, dos orn. (*Reliure emblématique.*)

45. L'Enfer, satire dans le goût de Sancy, par Agrippa d'Aubigné, publ. par Ch. Read. *Paris, Libr. des biblioph.*, 1873, in-12, pap. vergé, dem.-maroq. v., av. coins, fil., tr. supér. dor., dos orn., n. rog. (*Tiré à petit nombre.*)

46. Le Jésuite défroqué, ou les Ruses de la Société. *A Rome, aux dépens de la Société, s. d.* (*à la Sphère*), in-12, curieux front. gr., broché. (*Taches.*)

Edition elzévirienne, rare dans cette condition.

47. Ode dans laquelle les Jésuites sont peints au naturel, et où l'on pronostique leur destruction (1613), par Robert Estienne. *S. l. n. d.* (*Paris,* vers 1770), in-8, 4 ff., cart.

Cette pièce est une des plus rares de celles que l'on a faites contre les Jésuites.

48. Le Ramayana, poëme sanscrit de Valmiki, trad. par H. Fauche. *Paris,* 1864, 2 vol. in-12, br. — Œuvres de Kalidasa, trad. par le même. *Paris,* 1865, in-12, br. — Siam au XXe siècle, par Ed. O'Fareil. *Paris, Jouaust,* 1873, in-12, pap. de Holl., dem.-chagr. rou.

Jurisprudence.

49. Recueil général des anciennes lois françaises depuis l'an 420 jusqu'à la Révolution de 1789, par MM. Jourdan, Isambert et Decrusy. *Paris, Belin et Verdière,* 1826, 4 vol. in-8, br.

50. La Loi salique, livret de la première humaine vérité, par Guillaume Postel. *Suivant la copie de* 1552. *Paris,* 1780, pet. in-8 carré, maroq. rou., fil., tr. dor. (*Derome.*)

51. Deux Livres de la jurisprudence françoise, le tout rapporté sur chacun article de la Coustume d'Anjou, par Pierre Delommeau, conseiller du roy en la sénéchaussée de Saumur. *A Saumur, par Thomas Portau,* 1605, in-4, v. gr. (*Rare.*)

52. Les Lois civiles dans leur ordre naturel. Le droit public et *Legum Delectus*, par Domat. Nouv. édit., revue par de Héricourt, et augm. de notes par de Bouchevret, Berroyer et Chevalier. *Paris*, 1756, 2 tom. en 1 vol. in-fol., v. marbr. (*Bel exemplaire.*)

53. Le Droit commun de la France et la Coutume de Paris, par Me François Bourjon. *Paris*, 1770, 2 vol. in-fol., v. m.

54. Histoire de la procédure civile chez les Romains, par Ferd. Walter, trad. de l'allem. par Ed. Laboulaye. *Paris*, 1841, in-8, br.

55. Plaidoyez de Me Claude Expilly, président au Parlement de Grenoble. *Paris*, 1621, in-4, v.

56. Arrêts notables du Parlement de Tolose, par de La Roche-Flavin. *Lyon*, *Rigaud*, 1627, in-8, dérel.

57. Recueil de consultations sur diverses matières, par François de Cormis. *Paris*, 1735, 2 vol. in-fol., port., v. m.

Une grande partie de cet ouvrage est consacrée aux matières ecclésiastiques et bénéficiales.

58. Jus canonicum, per aphorismos strictum explicatum, per Ant. Corvinus. *Amst.*, *ex off. Elzevir.*, 1663, in-12, v.

59. Traité des droits honorifiques des seigneurs dans les églises, par Mareschal. *Paris*, *Cl. Robustel*, 1704, 2 vol. in-12, v. (*Rare.*)

60. Précis du droit des gens moderne de l'Europe, par de Martens. *Paris*, 1831, 2 vol. in-8, br.

61. Le Droit des gens, ou Principes de la loi naturelle, appliqués à la conduite et aux affaires des nations et des souverains, par Vattel ; nouvelle édition, publiée par Pradier-Fodéré. *Paris*, *Guillaumin*, 1863, 3 vol. in-12, dos et coins de mar. Lavall., tr. sup. dor., n. rog.

62. Le Droit international public de l'Europe, par Heffter, trad. par Bergson. *Paris*, 1866, in-8, dem.-chagr. Laval., av. coins.

Sciences et Arts.

MORALE — PHILOSOPHIE

63. Les Essais de Michel de Montaigne. *Paris, Chr. Journel*, 1659, 3 vol. pet. in-12, v.

Exemplaire bien complet, avec ses trois titres gravés, de l'édition recherchée des amateurs, et imprimée avec des caractères elzéviriens, le fleuron à la tête de buffle au commencement du texte de chaque volume. Les trois titres gravés, représentant le portrait de Montaigne, sont un peu rognés en tête, comme dans presque tous les exemplaires.

64. Les Essais de Michel, seigneur de Montaigne, avec des remarques par P. Coste. *Paris*, 1724, 3 vol. in-4, v. m. — Supplément, par le président Bouhier. *Londres*, 1740, in-4, br.

Avec le supplément, qui manque souvent. — Portrait de Montaigne gravé par Chereau.

65. De la Sagesse, par Pierre Charron. *Amst., chez Louis et Daniel Elzevier*, 1662, in-12, v. ant., fil.

Bel exemplaire. Hauteur, 130 millim.

66. Les Caractères de Théophraste, trad. du grec, avec le Caractères ou les Mœurs de ce siècle, par La Bruyère. 8e édit. *Paris, Michallet*, 1694, in-12, v. br.

Exemplaire grand de marges.

67. Les Caractères de Théophraste, avec les Caractères ou les Mœurs de ce siècle, par La Bruyère. 9e édit. *Paris, Estienne Michallet*, 1696-1710, in-12, v. (*Rare.*)

Bel exemplaire.

68. Maximes de La Rochefoucauld, avec notes et variantes. *Paris*, *Malepeyre*, 1825, in-8, pap. vélin, portr., br.

69. Dialogues, par Louis Vivès. *Paris*, *Ch. Thiboust*, 1664 in-12, vél.

70. Le Positivisme, par André Poëy. *Paris*, 1876, in-12, br. — Les Derniers Jours d'un philosophe, par C. Flammarion. *Paris*, *Didier*, 1869, in-12, dos et coins de maroq. roug., tr. sup. dor., n. r. — La Pluralité des existences de l'âme, par André Pezzani. *Paris*, *Didier*, 1866, in-12, dem.-v. f., tr. sup. dor., n. r. — Ens. 3 vol.

71. Les Devoirs de l'homme et du citoyen, par le baron de Puffendorff, trad. du latin par Barbeyrac. *Amsterdam*. 1756, 2 vol. in-12, portr., v. m., fil.

72. L'homme universel, par Balthazar Gracien, trad. de l'espagnol (par P.-J. de Courbeville). *Paris, Pissot*, 1723, pet. in-8, v. f.

Exemplaire de Soubise.

73. Méchanique morale, ou Essai sur l'art de perfectionner et d'employer ses organes, progrès acquis ou conquis, par Antoine de La Salle. *Genève*, 1789, 2 vol. in-8, v. gr., fil., tr. dor.

Rare. Bel exemplaire.

74. Mes Prisons, suivis des Devoirs des hommes, par Silvio Pellico; traduction nouvelle par le comte H. de Messey. Edit. illustrée d'après les dessins de Seguin, d'Aubigny, Steinheil, etc. *Paris, Delloye*, 1844, gr. in-8 illustré, demi-chag. jaune.

75. De la Logique d'Aristote, par Barthélemy Saint-Hilaire. *Paris, Ladrange*, 1833, 2 vol. in-8, br.

76. Fragments philosophiques, par Victor Cousin. *Paris, Sautelet*, 1826, in-8, dem.-v. fauve. — Du Vrai et du Bien. 2e édit. *Paris*, 1854, in-8, br.

77. Examen critique des doctrines de Gibbon, du Dr Strauss et de M. Salvador, par Guillon. *Paris*, 1842, 2 vol. in-8, br.

SCIENCES SOCIALES ET POLITIQUES

78. Recueil de maximes véritables et importantes pour l'institution du roi, par Claude Joly, chanoine de Paris. *Paris*, 1653, pet. in-12, 12 ff. prélim., 586 pag., y compris la table, plus 65 pag. pour les 2 lettres, dem.-v. fauve.

Haut., 129 millimètres.

Brunet affirme que ce volume, quoique daté de Paris, a été imprimé par les Elzevier d'Amsterdam. Cette jolie production typographique renferme : le Discours en vers de Michel de l'Hospital sur le sacre de François II, contenant une instruction comme un roy doit gouverner son Estat, que Motteley a fait réimprimer.

79. Recueil de maximes véritables et importantes pour l'institution du Roy (par Claude Joly). *Paris*, 1653, pet. in-12, vel., à recouvr.

80. Codicile d'or, ou petit recueil tiré de l'Institution du prince chrestien (par Erasme). (*A la Sphère*), *s. l.*, 1665, pet. in-12 de 187 p., dem.-chagr. bl. (*Rare.*)

Edition qui semble être sortie des presses des Elzevier d'Amsterdam. Hauteur, 128 millim.

81. Aristipe, ou de la Cour, par Balzac. *Paris*, *Aug. Courbé*, 1658, in-12, fig., dem.-v. ant.

82. Erasme précurseur et initiateur de l'esprit moderne, par H. Durand de Laur. *Paris*, *Didier*, 1872, 2 vol. in-8, br.

83. Discours de l'estat de paix et de guerre. — Le Prince, par N. Machiavel, trad. de l'italien. *Paris, Toussainct Quinet*, 1629, 2 vol. pet. in-8, vél. bl. (*Rare.*)

84. Advertissements à M. Jean Bodin sur le quatriesme livre de sa République, par Augier Ferrier (de Toulouse). *Paris*, *P. Cavellat*, 1580, pet. in-8, v. m. (*Armoiries.*)

85. Principes d'administration et d'économie politique des anciens peuples, par Bilhon. *Paris*, 1819, in-8, br. — Principes fondamentaux de l'économie politique, par Jean Arrivabène. *Paris*, 1836, in-8, dem.-bas.

86. Histoire de l'économie politique en Europe, depuis les temps anciens jusqu'à nos jours. *Paris*, 1837, 2 vol. in-8, br.

87. Dictionnaire œconomique, par Chomel. *Paris*, 1740, 2 vol. — Supplément. 1743, 2 vol. — Ens. 4 vol. in-fol., v. m.

88. Le même. Nouvelle édition, publ. par de Lamarre. *Paris*, 1767, 3 vol. in-fol., v. m.

89. Recherches historiques sur le système de Law, par E. Levasseur. *Paris*, 1854, in-8, br. — Essai sur la liberté du commerce des nations, examen de la théorie du libre échange, par Ch. Gouraud. *Paris*, *Durand*, 1853, in-8, br. — Du Paupérisme, de la Mendicité et des Moyens d'en prévenir les funestes effets, par le baron de Morogues. *Paris*, 1833, in-8, dem.-v. vert.

90. État des prisons, des hôpitaux, des maisons de force, trad. de l'anglais. *Paris*, 1791, 2 vol. in-8, pl., v. gr., fil., dent.

Bel exemplaire.

91. Des Erreurs et des Préjugés répandus dans la société, par Salgues. *Paris*, 1810, in-8, dem.-v. f.

SCIENCES NATURELLES ET MÉDICALES

92. Morceaux extraits de l'Histoire naturelle de Pline, par Guéroult. *Paris*, 1809, 2 vol. in-8, bas. m.

93. Historiæ naturalis de insectis et quadrupedibus libri IV, de serpentibus et draconibus libri II, cum æneis figuris, Joh. Jonstonus. *Amst.*, *Schipper*, 1657, in-fol., vél.
Ouvrage orné de 80 planches.

94. La Maison des champs, ou Manuel du cultivateur, par Pfluguer. *Paris*, 1819, 4 vol. in-8, fig. dem.-v. fauve.
Bel exemplaire.

95. Histoire des arbres et arbrisseaux qui peuvent être cultivés en pleine terre sur le sol de la France, par Desfontaines. *Paris*, 1809, 2 vol. in-8, bas. rac., fil.

96. Le Livre de la ferme et des maisons de campagne, par M. P. Joigneaux. *Paris*, 1872, 2 vol. gr. in-8, nombreuses fig., br.

97. Plantes usuelles indigènes et exotiques, par Dubuisson. *Paris*, 1809, in-8, 102 pl., br.

98. Physiologia Kircheriana experimentalis, qua summa argumentorum multitudine et varietate. *Amst.*, 1680, in-fol., fig., v. m.

99. Eléments de physiologie végétale et de botanique, par Brisseau-Mirbel. *Paris*, 1815, 3 vol. in-8, dont atlas de 72 pl., br.

100. Le Jardin des plantes, description et mœurs des mammifères de la Ménagerie et du Muséum d'histoire naturelle, par Boitard. *Paris*, *Dubochet*, 1842, gr. in-8 illustré, dos et coins de mar. rou., tr. supér. dor., n. rog.

101. Essai d'employer les instruments microscopiques avec utilité et plaisir dans la saison du printemps, traduit de l'allemand par Harrepeter, maître ès arts. *Nuremberg*, 1764, in-4, titre gr. et color., planches color. (12), dem.-rel.
Texte allemand et français. — Tout l'ouvrage est consacré à la culture des arbres fruitiers et des fleurs..

102. Ch. Estienne. Vinetum, in quo varia vitium, vrarum, vinorum, antiqua, latina, vulgariaq. nomma : item ea quæ ad vitium consitionem ac culturam ab antiquis rei rusticæ scriptoribus expressa sunt, ac bene recepta vocabula, nos-

træ consuetudini præsertim commoda, brevi ratione continentur. *Parisiis, Fr. Stephanum*, 1537, in-8, dem.-rel. (*Mouillures.*)

Edition originale de ce traité, qui est un des plus rares de ceux concernant le vin et la culture de la vigne dans l'antiquité. Bel exemplaire.

103. A History of the fishes of the British islands, by Jonathan Couch. *London*, 1864-65, 4 vol. gr. in-8, figures noires et color., cart. percal. bl., n. rog.

104. Histoire naturelle des Tangaras, des Manakins et des Todiers, par Anselme Gaëtan Desmarest, avec figures imprimées en couleur, d'après les dessins de mademoiselle Pauline de Courcelles, élève de Barabaud. *Paris, Garnery*, 1805, in-fol., papier vélin, planches color., demi-v. r., n. rog.

105. A History of the birds of Europe, not observed in the British Isles, by C. R. Bree esq. *London*, 1866-73, 4 vol. in-8, figures coloriées, cart. percal. rou., n. rog.

106. Cuisine artistique, études de l'Ecole moderne, renfermant 101 planches, par Urbain Dubois. *Paris, Dentu, s. d.*, 2 vol. in-4, pl., br., n. c.

Bel exemplaire.

107. Cuisine de tous les pays, études cosmopolites, avec 392 dessins composés pour la démonstration, par Urbain Dubois. *Paris, Dentu*, 1872, gr. in-8, pl., br.

108. Tratado de equitacion y nociones de veterinaria, por D. J. Hidalgo y Terron. *Madrid*, 1868, in-8, fig., dem.-chagr. br.

109. Eléments de minéralogie appliquée aux sciences chimiques, ouvrage basé sur la méthode de M. Berzélius, suivi d'un précis élémentaire de géognésie, par Girardin et Lecoq. *Paris*, 1837, 2 vol. in-8, fig., dem.-chagr.

110. Mémoires pour servir à une description géologique de la France, par MM. Dufrénoy et Elie de Beaumont. *Paris, Levrault*, 1830-38, 4 vol. in-8, pl., dem.-v. f. avec coins, dos orné. (*Manque l'atlas.*)

111. Prodrome de géologie, par Alexandre Vézian. *Paris*, 1863-67, 3 vol. in-8, br.

112. Précis élémentaire de géologie, par d'Osmalius d'Halloy. 8e édition. *Paris*, 1868, in-8, cartes, figures, br.

113. Traité élémentaire de géologie agronomique avec des applications à diverses contrées et particulièrement au

département de l'Isère, par M. Scipion Gras. *Paris*, *F. Savy*, 1870, br. in-8, br. neuf.

114. Introduction à l'étude de la paléontologie stratigraphique, par A. d'Archiac. *Paris*, 1864, 2 vol. in-8, carte, br.

115. Les Explorations sous-marines, par Jules Girard. *Paris*, 1874, in-8, fig., br. — Les Glaciers et les Transformations de l'eau, par J. Tyndall. *Paris*, 1873, in-8, fig., cart. toile.

116. Explicatio tabularum Anatomicarum Barth. Eustachi, anatomici summi, per Albinius. *Leidæ*, 1761, grand in-fol., nomb. fig., vél. estampé.

117. Demonstrationum anatomico-pathologicarum, per Petrum Camper. *Amst.*, 1760-62, 2 part. en 1 vol. très-grand in-fol., pl. (8), cart.

118. De la Variation des animaux et des plantes sous l'action de la domestication, par Ch. Darwin. *Paris*, *Reinwald*, 1868, 2 vol. in-8, fig., cart. toile, non rogné.

119. Conférences sur la théorie darwinienne, par L. Büchner, trad. de l'allem. par A. Jacquot. *Leipsig*, 1869, in-8, br.

120. La Descendance de l'homme et la Sélection sexuelle, par Ch. Darwin. *Paris*, 1873, 2 vol. in-8, fig., cart. toile verte, n. rog.

21. L'Expression des émotions chez l'homme et les animaux, par Ch. Darwin. *Paris*, *Reinwald*, 1874, in-8, fig., cart. toile, n. rog.

122. Sever Pinæus de virginitatis notis, graviditate et partu Ludov. Bonaciolus. *Lugd.-Batav.*, 1641, pet. in-12, frontisp., curieuses figures. (*Exempl. fatigué.*) — Syphilis, ou le Mal vénérien, poëme traduit du latin de J. Fracastor. *Paris*, 1796, in-18, portr. et titre grav., dem.-v. vert.

123. De l'Homme et de la Femme considérés physiquement dans l'état du mariage, par de Lignac. *Lille*, 1772, 2 vol. in-12, fig., v. m.

124. Précis historique sur les eaux minérales les plus usitées en médecine, par Alibert. *Paris*, 1826, in-8, dem.-chagr. v.

SCIENCES PHYSIQUES ET MATHÉMATIQUES

125. Histoire de l'astronomie ancienne, depuis son origine jusqu'à l'établissement de l'Ecole d'Alexandrie, par Bailly. *Paris*, *de Bure*, 1781, in-4, pl. — Histoire de l'astronomie

moderne, depuis la fondation de l'Ecole d'Alexandrie jusqu'à 1730. *Paris, de Bure*, 1785, 3 vol. in-4, pl.—Ensemble 4 vol., v. m.

126. Joannis Laurentii Lydi de ostentis quæ supersunt, una cum fragmento libri de mensibus ejusdem Lydi, fragmentoque Manl. Boëthii de diis et præsensionibus: ex codd. regiis edidit, græcaque supplevit et latine vertit C. B. Hase. *Parisiis, e typ. regia*, 1823, 2 vol. gr. in-8, d.- v. f.

Curieux ouvrage sur l'astronomie et la météorologie.

127. Traité des feux artificiels pour la guerre et pour la récréation; avec plusieurs belles observations; abrégez de géométrie, fortifications, horloges solairs, etc., par François de Malthe. *Paris, Pierre Guillemot*, 1623, in-8, figures, v. br.

Ouvrage dédié au cardinal de Richelieu, dont les armes figurent sur le titre gravé.

128. Traité élémentaire de physique, par Haüy. *Paris*, 1821, 2 vol. in-8, pl., br.

129. Cours élémentaire de physique, précédé de notions de mécanique, par Boutan et d'Almeïda. *Paris, Dunod*, 1863, in-8, fig., demi-rel., n. rog.—Atlas de chimie minérale, par Terreil. *Paris, Dunod*, 1861, in-8, pl., br. — Traité élémentaire de mathématiques et de physique, par le baron Reynaud. *Paris*, 1836, in-8, pl., br. (*Tome 1er*.)

130. Traité d'hydroférie, ou l'Art d'élever l'eau, par Ducrest. *Paris*, 1809, in-8, pl., maroq. rou., fil., tr. dor. (*Bozérian*.)

131. Traité de balistique, par Hélie. *Paris*, 1865, in-8, dem.-bas. — Etudes sur la tactique, par Grivet. *Paris*, 1865, in-8, dem. bas.

132. Dictionnaire des sciences mathématiques, par A. de Montferrier. *Paris*, 1838, 3 vol. gr. in-8, demi-bas. — Résolution des équations transcendantes, par le docteur Stern, trad. de l'all. par E. Lévy. *Paris*, 1858, in 8, demi-rel. — Exposition de la théorie des chances et des probabilités, par Cournot. *Paris*, 1843, in-8, demi-rel.

133. Leçons de géométrie analytique, par Lefébure de Fourcy. *Paris*, 1863, in-8, pl., dem.-bas. — Géométrie théorique et pratique, par H. Sonnet. *Paris*, 1856, in-8, pl., dem.-bas. — Leçons de géométrie analytique, par MM. Briot et Bouquet. *Paris*, 1865, 2 part. en 1 vol. in-8, dem.-bas — Formules, Tables, etc., aide-mémoire des ingénieurs et des architectes, par J. Claudel. *Paris*, 1864, in-8, pl., dem.-bas.

134. Cours d'algèbre supérieure, par J.-A. Serret. *Paris*, 1866, 2 tomes en 1 vol. in-8, demi-bas. — Leçons d'algèbre, par Ch. Briot. *Paris*, 1863, in-8, demi-bas. — Traité d'algèbre, par Bertrand. *Paris*, 1863, in-8, br. (2e *Partie.*) — Leçons d'algèbre, par Lefébure de Fourcy. *Paris*, 1862, in-8, demi-bas. — Cours élémentaires de mathématiques pures, par de Montferrier. *Paris*, 1837, 2 vol. in-8, demi-bas.

135. Cours de mécanique de l'Ecole polytechique, par Sturm. *Paris*, 1861, 2 vol. in-8, demi-rel. — Cours d'analyse de l'Ecole polytechnique, par Sturm. *Paris*, 1863, in-8, demi-rel.

136. Nouvelles Récréations physiques et mathématiques, par Guyot. *Paris*, 1799, 3 vol. in-8, figures, v. rac.

137. Jeux. 4 vol. in-12, dem.-v. f.

Traité théorique et pratique des échecs. *Paris, s. d.* — Le Jeu des échecs, trad. de l'italien de Gioachino Greco. *Paris, s. d.* — Leçons élémentaires du jeu des échecs, par l'abbé Vétu. *Paris, s. d.* — Analyse du jeu des échecs, par Philidor, avec des figures. *Paris, s. d.*

SCIENCES OCCULTES

138. Admirables Secrets d'Albert le Grand. *Cologne, chez le dispensateur des secrets*, 1704, in-12, titre gr., figures, bas. (*Rare.*)

139. Sybilina Oracula, cum notis illustrata A. D. Johanne Opsopœo Brettano, cum interpretatione (gr. et lat.). Sebastiani, Castalionis et Indice. *Parisiis*, 1607, gr. in-8, fig., v. fil.

Bel exemplaire.

140. Prédictions tirées des centuries de Nostradamus, qui vraysemblablement se peuvent appliquer au temps présent et à la guerre entre la France et l'Angleterre contre les Provinces-Unies. Avec l'explication des médailles en françois. *S. l.*, 1673, in-12, fig., dos et coins de cuir de Russie.

141. Traité historique et dogmatique sur les apparitions, les visions et les révélations particulières, par Lenglet-Dufresnoy. *Paris*, 1751, 2 vol. in-12, v. m.

142. Physiologie, ou l'Art de connaître les hommes selon leur physionomie, par Plane. *Meudon*, 1797, 3 vol. in-8, fig., dem-v. v., n. rog.

Le 3e volume de cet ouvrage contient la *Physiologie* de J.-B. Pota.

143. De la Phrénologie humaine appliquée à la philosophie, aux mœurs et au socialisme, par P. Béraud. *Paris*, *Durand*, 1848, in-8, figures, percal. bl.

144. L'Art de connoistre les hommes, par de La Chambre. *Amst.*, *chez Jacques Le Jeune*, 1669, in-12, titre et frontisp. grav., v. br.

145. L'Art de juger du caractère des hommes sur leur écriture, avec 24 pl. représentant l'écriture de plusieurs personnages célèbres, gravés d'après les originaux. *Paris*, 1826, in-12, fig. col., dem.-mar. rou., tr. sup. dor., n. rog.

146. Magnétisme et Magnétothérapie, par le comte de Szapary. *Paris*, 1854, in-8, figures, dem.-mar. br., av. coins, tr. sup. dor., n. rog.

FRANC-MAÇONNERIE

147. Histoire de la franc-maçonnerie depuis son origine jusqu'à nos jours, par Findel, trad. de l'all. par E. Tandel. *Paris*, 1866, 2 vol. in-8, dem.-chagr. rou. av. coins, tr. sup. dor., n. rog.

148. Les Travaux de Mars, ou l'Art de la guerre, par Allain Manesson-Mallet. *Paris*, 1684-85, 3 vol. in-8, nombr. fig., v. (*Rel. fatiguée.*)

149. La Lire maçonne, ou Recueil de chansons des francs-maçons, par de Vignoles et du Bois. *La Haye*, 1766, in-12, v. m.

Bel exemplaire.

150. Essai sur la franc-maçonnerie. *A Latomopolis*, 5788, 1 vol. in-8., dos et coins de mar. rou., tr. sup. dor., n. rog.

Bel exemplaire.

150 *bis*. Le même, cart.

151. Manuel général de maçonnerie, comprenant les sept grades du rite français, etc. *Paris*, *s. d.*, in-8, fig. — De l'Origine de la franc-maçonnerie, par Th. Paine. *Paris*, 1812. — Histoire générale de la franc-maçonnerie, par Em.

Rebold. *Paris*, *Franck*, 1851. — Ensemble 3 vol. in-8, dem. chagr. rou., tr. sup. dor., n. rog.

152. Travaux maçonniques et philosophiques, par Chemin-Dupontès. *Paris*, 1819, 4 vol. in-12, dem.-rel. — Recueil de poésies maçonnes. *Jérusalem*, 1748, in-12, vign. et pl., v. f.

153. Thuilleur, des Trente-trois degrés de l'écossisme du rit ancien, dit accepté. *Paris*, *Delaunay*, 1821, in-8, fig., cart., n. r. — Règlements généraux de la maçonnerie écossaise pour la France et ses dépendances. *Paris*, 1867, in-8, dem.-chagr., avec coins, tr. sup. dor., n. r.

154. La Maçonnerie, poëme en trois chants. *Paris*, 1820, in-8, fig. — L'Orateur maçonnique, ou Choix de discours prononcés à l'occasion des solennités de la maçonnerie. *Paris*, *Caillot*, 1823, in-8, cart., n. r. — Histoire de la fondation du Grand-Orient de France. *Paris*, *Dufart*, 1812, in-8, cart — Ens. 3 vol.

155. L'Univers maçonnique. Revue générale des progrès et acquisitions de l'esprit humain, dirigée par César Moreau. *Paris*, 1837, in-8, dem.-rel.

156. Cours philosophique et interprétatif des initiations anciennes et modernes, par J.-M. Ragon. *Paris*, 1841, in-8, dem.-bas.

157. La Messe et ses Mystères comparés aux mystères anciens, ou Complément de la science initiatique, par J.-M. de V. *Paris*, 1844, in-8, dem.-chagr. rou., avec coins, tr. supér. dor., n. r.

158. Histoire pittoresque de la franc-maçonnerie et des Sociétés secrètes anciennes et modernes, par Clavel. *Paris*, *Pagnerre*, 1844, gr. in-8, figures (25), dem.-chagr. rou., avec coins, tr. supér. dor., n. rog.

159. Manuel du franc-maçon et Guide des officiers de loge, par Bazot. *Paris*, 1845, 2 tomes en 1 vol. in-12, dos et coins de chagr. rou., tr. supér. dor., n. r.

160. Précis sur la franc-maçonnerie, son origine, son histoire, ses doctrines, etc., et opinions diverses sur cette ancienne et célèbre institution, etc., par César Moreau. *Paris*, 1855, in-8, portr., dem.-rel.

161. Initiation à la philosophie de la franc-maçonnerie, basée sur les mystères, les cultes et les mythologies de l'antiquité, par J.-C.-A. Fisch. *Marseille*, 1863, gr. in-8, pl. noir. et chromolith., dem.-chagr. rou., avec coins, tr. supér. dor., n. rogn.

162. Histoire des trois grandes loges de francs-maçons, par E. Rebold. *Paris*, 1864, gr. in-8, dem.-chagr. rou., avec coins, tr. supér. dor., n. rogn.

163. Instruction maçonnique pour le grade d'apprenti, par Fisch. *Paris*, 1863, gr. in-8, pl. chromolithogr. — Documents pour servir à l'histoire de la franc-maçonnerie au XIXe siècle. *Paris*, *Lebon*, 1866. — Précis sur la franc-maçonnerie, son origine, son histoire, ses doctrines, par César Moreau. *Paris*, 1855. — Ensemble 3 vol. gr. in-8, demi-chagr. rou., avec coins, tr. sup. dor.

164. Enquête maçonnique sur la proposition d'un convent extraordinaire au 8 décembre 1869 Réponses des ateliers. *Paris*, 1870, gr in-8, dem.-chagr. rou., avec coins, tr. supér. dor., n. r.

165. Franc-Maçonnerie, pièces diverses, par J.-M. Ragon. *Paris*, *Collignon*, s. d., 4 vol. in-8, dem.-chagr. rou.

166. Legislaçâo official do Grande Oriento Lusitano Unido supremo conselho da Maçonaria portugueza, desde 15 de Julho de 1869 à 30 de Junho de 1870. *Lisboa*, *typographia de Joaquim Germano da Sousa Neves*, 1870, in-8 oblong manuscrit, br.

167. Constituciones del Gran Oriente Cabano. *Paris*, *Claye*, s. d., gr. in-8, v. — Liturgias de los treinta y tres grados de la verdadera mazoneria, por A. de Covadonga. *Paris*, 1867, gr. in-8. — La Franc-Masoneria, por Jhon Truth. *Madrid*, 1870, in-12. — Manuel del franc-mason destinado para el uso de las logias de España, por N.-C. des Etangs. *Madrid*, 1871, in-12. — Ens. 4 vol. gr. in-8, in-8 et in-12, dem.-chagr. rou. et dem.-v. f., n. rog.

Beaux-Arts.

GÉNÉRALITÉS — ANTIQUITÉS — ARCHÉOLOGIE

168. Histoire de l'art chez les anciens, par Winkelmann. *Paris*, an II, 2 vol. in-4, fig., dem.-rel., n. rogné.

169. Histoire des arts du dessin, depuis l'époque romaine jusqu'à la fin du seizième siècle, par le docteur Rigollot. *Paris*, 1864, 2 forts vol. in-8 et atlas de 58 planches, br.

170. Dictionnaire des antiquités chrétiennes, par l'abbé Martigny. *Paris*, 1865, gr. in-8, fig., demi-chagr. rouge, tr. supér. dor., dos orné, n. rog.

171. Abecedario de P. J. Mariette et autres. Notes inédites de cet amateur sur les arts et les artistes. Publié d'après les manuscrits conservés au Cabinet des estampes de la Bibliothèque nationale, par le marquis de Chennevières et Anat. de Montaiglon. *Paris*, 1853-60, 6 vol. in-8, gr. pap. de Holl.

Tiré à 25 exemplaires sur ce papier.

172. Histoire de l'Ecole des Beaux-arts au XVIIIe siècle. L'Ecole royale des élèves protégés, par L. Courajod. *Paris*, 1874, 1 vol. in-8.

L'un des 25 exemplaires en grand papier vergé.

173. Monuments de la maison de France. Collection de médailles, estampes et portraits, recueillis et décrits par G. Combrouse. *Paris*, 1856, 1 vol. gr. in-fol., cart. (*Tiré à 100 exemplaires.*)

174. Découvertes dans la Troade, dissertations sur les monuments de la plaine de Troie, etc., par A.-F. Mauduit. — Réponses de l'auteur des Découvertes dans la Troade aux Observations critiques, etc., par R. Rochette. *Paris, Didot*, 1840. — Ens. 2 vol. in-4, rel.

175. Expédition scientifique en Mésopotamie. *Paris, Impr. impér.*, 1858, 2 vol. in-4 et atlas gr. in-fol., en livraisons.

176. Le Mont Olympe et l'Acarnanie, par L. Heuzey. *Paris, Didot*, 1860, gr. in-8, pl. et cartes, br.

177. Latium. Id est nova et parallela Latii tum veteris, tum novi descriptio, per Ath. Kircherius. *Amst.*, 1671, in-fol., nombr. fig. et cartes, vél.

178. Ruines de la ville d'Orange. *Paris, s. d.*, atlas de 29 planches in-folio, demi-chagr. v.

179. Gazette des Beaux-arts. Année 1859 à mars 1860, en 5 vol. gr. in-8, eaux-fortes, dem.-chagr. bl.

180. Gazette des Beaux-arts.

Janv. 1861, Octobre 1862, Octobre et Décembre 1867, Janvier et Mars 1869, Octobre à Décembre 1871, Janvier à Août et Septembre 1873, 2e semestre 1874, 2e semestre 1875.

181. Gazette des Beaux-arts (2e série). *Paris*, 1872-75, 8 vol. gr. in-8, fig., br.

182. Nouvelles Archives de l'art français. Recueil de documents inédits, publiés par la Société de l'histoire de l'art

français. *Paris*, années 1872-75, 3 vol. in-8, pap. de Holl., brochés neufs.

183. Manuel encyclopédique et pittoresque des sciences et des arts, publ. par une société de gens de lettres. *Paris*, 1835, 1 vol., atlas de 226 pl., ens. 2 vol. in-4, cart.

ARCHITECTURE

184. Histoire de l'art égyptien, par Prisse d'Avennes. *Paris*, 1858-63, 33 livraisons gr. in-fol., planches noires et chromolith.

185. Hieroglyphics collected by the Egyptian Society, arranged by Thomas Young. *London*, 1823, in-fol., pap. vélin, 80 pl., v. f., fil., dent., tr. dor.

186. Voyage de la haute Egypte, observations sur les arts égyptien et arabe, par Ch. Blanc. *Paris*, *Renouard*, 1876, gr. in-8, fig., dem.-chagr. rou., tr. supér. dor., n. rog.

187. Les plus belles églises du monde. Notices historiques et archéologiques sur les temples les plus célèbres de la chrétienté, par l'abbé Bourassé. *Tours*, *Mame*, 1857, gr. in-8 illustré, dem.-ch. v., tr. dor.

188. Monographie de Notre-Dame de Brou, par L. Dupasquier. *Paris*, *Didron*, *s. d.*, gr. in-fol., planches (28) noires et chromol., br., n. r.

189. Description de l'église métropolitaine du diocèse d'Auch, par Lettu. *Paris*, 1837, in-fol., 35 pl., dem.-rel.

190. L'Eglise et le Monastère du Val-de-Grâce, 1645-1665, par V. Ruprich-Robert. *Paris*, 1875, in-4, 15 pl., br.

191. Monographie du château d'Anet, construit par Philibert de L'Orme, en 1548, dessinée, gravée et accompagnée d'un texte historique et descriptif, par Rodolphe Pfnor. *Paris*, 1866, in-fol., pl. en cart.

192. Aya Sofia Constantinople, as recently restored by order of H. M. the sultan Abdul-Medjid, from the original drawings by chevalier Gaspard Fossati, lithographed by Louis Haghe esq. *London*, *s. d.*, gr. in-fol., titre et 25 pl. chromolith., dem.-chagr. br.

Ouvrage complétement épuisé et devenu très-rare.

193. Charpente de la cathédrale de Messine, dessinée par M. Morey, architecte, grav. et lithogr., par H. Roux. *Paris, Didot*, 1841, in fol., texte encadr., pl. noires et chromolith., dem.-chagr. bl., fil.

194. The history and antiquities of the chapel at Luton park, by H. Shaw. *London*, 1829, in-fol., 20 pl., dem.-bas., plats toile. (*Rel. angl.*)

195. Parallèle des maisons de Bruxelles et des principales villes de la Belgique, publié par Castermans. *Paris, s. d.*, 2 vol. in-fol., pl., en cartons.

196. Monuments d'architecture et de sculpture en Belgique, dessins d'après nature lithographiés en plusieurs teintes par F. Stroobant, texte par Félix Stappaerts. *Bruxelles, s. d.*, in-fol., maroq. Lavall., ornements estamp. sur les plats, dent. intér., tr. dor. (*Bel exempl.*)

197. Picturesque designs for mansions, villas, lodges, etc. by C.-J. Richardson. *London*, 1870, in-8, figures, cart, toile, tr. sup. dor., n. rog. (*Rel. angl.*)

198. Designs for chiminey-pieces with mouldings et bases at large ; on 24 plates. *London, s. d.*, gr. in-8 oblong, cart.

199. Grapaldi (Francisci Marii) opus elegantissimum ea fide eaq. diligentia a nobis excussum ut vix erratum offendas. Cujus verborum indigestam multitudinem ne lectorem quesita offenderent jam in tabulam eamq. optimo dictionn. observato ordine redegimus... *Venundantur Parrhisius a Joh. Granion ejusdem civitatis bibliopola. Impressum Parrhisiis cura et diligentia Georgii Biermantii Brugen. expēsis Joannis Granion*, anno 1511, in-4, v. gr.

Edition restée inconnue à Haller (*Bibl. botanica*, t. I, p. 257). Cet ouvrage traite des différentes parties d'une maison, tant à la ville qu'à la campagne. On y trouve aussi d'intéressants passages sur les animaux, les oiseaux, les poissons, les plantes, etc.

200. Architecture rurale, théorique et pratique, à l'usage des propriétaires et des ouvriers de la campagne, par J.-M. de Saint-Félix. *Toulouse*, 1858, in-4, planches (56), cart.

201. Schubler (Joh. Jac.). Perspectivæ geometricæ practicæ. — Sciagraphia artis tignariæ. — Tractatus de arte tignaria. *Nurnberg*, 1735 à 1749, 3 vol. pet. in-fol., nombr. fig., demi-vél.

Texte allemand. Cet ouvrage, devenu rare, renferme de nombreuses planches représentant des ponts, des charpentes, des leviers, des escaliers, des dômes d'édifices, des fortifications, etc.

202. Monuments et tombeaux mesurés et dessinés en Italie, par P. Clochar, architecte. *Paris*, 1815, in-fol., pap. vél., 40 pl., dem.-rel. toile.

203. Etudes sur l'art funéraire moderne dans ses conceptions les plus pratiques, chapelles, sarcophages, stèles, croix, etc., etc., par J. Boussard, architecte. *Paris, Baudry*, 1870, gr. in-fol., planches (200), demi-chagr. noir.

Bel exemplaire.

204. Dictionnaire raisonné de l'architecture française du XIe au XVIe siècle, par Viollet-le-Duc. *Paris*, 1863 à 1868, 5 vol. in-8, fig., br. (*Tomes VI à X.*)

205. L'Architecture au Salon, par Fabre et de Vesly. *Paris*, 1872, in-folio, 38 pl. sur chine, en carton.

Première année de cette belle publication, seule parue.

206. Revue générale d'architecture et des travaux publics, publié par César Daly. *Paris*, années 1840 à 1863. Ens. 21 vol. gr. in-4, pl., demi-v. bl.

207. Revue générale de l'architecture et des travaux publics, par César Daly. *Paris*, 1874-75, 2 vol. in-4, pl., br.

208. Le Moniteur des architectes, revue mensuelle de l'art architectural, publié avec le concours des principaux architectes. *Paris*, années 1852 à 1862, et 1866 à 1872, en 12 vol. in-4, planches, dem.-chagr. et bas. rou.

209. Décorations intérieures, époque Louis XVI, par Queverdo. *Paris, s. d.*, in-folio, pl. sur chine, demi-chagr. rouge avec coins, tr. supér. dor., n. rogné.

210. Livre d'architecture, contenant les principes généraux de cet art, les plans, élévations et profils de quelques-uns des bâtiments faits en France et dans les pays étrangers. *Paris*, 1745, 70 planches. — Description de ce qui a été pratiqué pour fondre en bronze, d'un seul jet, la figure équestre de Louis XIV, en 1699. *Paris*, 1743, 19 planches. — Ensemble deux ouvrages en 1 vol. in-folio, dem.-v. vert. (*Rare. Le dernier feuillet est remonté.*)

211. Traité théorique et pratique de l'art de bâtir, par Jean Rondelet. *Paris, Didot*, 1838, texte 5 vol. in-4, dem.-bas. v., n. rog., et atlas in-fol. de 207 pl., dem.-bas. bl.

---

212. L'Industrie des chemins de fer, ou dessins et descriptions des principales machines locomotives, des fourgons, wagons, etc. Atlas. *Paris*, 1839, 40 planches dans un carton très-gr. in-folio.

Peu commun.

213. Portefeuille économique des machines, de l'outillage et du matériel relatif à la construction, aux chemins de fer, aux routes, aux mines, à la navigation, à la télégraphie, etc., dirigé par C.-A. Oppermann. *Paris*, années 1865 à 1874, 10 vol. gr. in-4, planches, cart.

214. Portefeuille de John Cockerill, ou Description des machines construites dans les établissements de Seraing depuis leur fondation jusqu'à ce jour. *Paris*, 1859-66, texte 2 vol. in-4, et atlas 2 vol. gr. in-fol. de 191 pl., ens. 4 vol., dem.-chagr., tête dor., n. rog.

215. Album des fers spéciaux, par Jacquemin. *Paris*, 1872, in-fol., cart.

PEINTURE — SCULPTURE

216. L'Oeuvre et la Vie de Michel-Ange, dessinateur, sculpteur, peintre, architecte et poëte, par MM. Charles Blanc, Paul Mantz, Ch. Garnier, A. de Montaiglon, G. Duplessis et autres. *Paris*, 1876, gr. in-8, portr., nombr. figures et eaux-fortes, dem.-chagr. rou., tr. supér. dor., n. rog.

217. Istoria della vita e delle opere di Raffaello Sanzio da Urbino del signor Quatremere de Quincy, voltata in italiano di Longhena. *In Milano*, 1829, gros in-8, pap. vélin, titre gr., pl., cart. à la Bradel, n. rog. (*Tiré à petit nombre.*)

218. Histoire de la peinture en Italie, depuis la renaissance des beaux-arts jusque vers la fin du XVIIIe siècle, par l'abbé Lanzi, trad. de l'italien par Mme Arm. Dieudé. *Paris*, 1824, 5 vol. in-8, br.

219. Le Migliori pitture, della Certosa di Napoli disegnate e publicate dal pittore Luigi Angeline, ed illustrato da Raffaele Liberatore. *Parigi*, 1843, pet. in-folio, planches, cart.

220. A Picturesque tour of the Island of Jamaica, from drawings made in the Years, 1820 and 1821 by James Hakewill. *London*, 1825, gr. in-4, planches color., demi-chagr. rou., n. r.

221. L'Œuvre complet de Rembrandt, par Ch. Blanc. *Paris*, *Gide*, 1859-64, 2 vol. gr. in-8, eaux-fortes, demi-chagr. rou., tr. supér. dor., n. rog.
Exemplaire en grand papier.

222. Vies des peintres flamands, allemands et hollandais, par Descamps. *Paris*, *Jombert*, 1753-63, 4 vol. in-8, portr., v. m.

223. Histoire des peintres de toutes les écoles. École espagnole. *Paris*, 1869, gr. in-4, br.

224. Catalogue raisonné de l'œuvre peint, dessiné et gravé d'Antoine Watteau, par E. de Goncourt. *Paris*, 1875, in-8, portr., br.

225. Eug. Delacroix et son Œuvre, avec des gravures en facsimile, des planches originales les plus rares, par A. Moreau. *Paris*, *Libr. des biblioph.*, 1873, gr. in-8, eaux-fortes, demi-maroq. rou. du Lev., av. coins, tr. supér. dor., n. rog.

226. Souvenirs sur Th. Rousseau, par Alfred Sensier. *Paris*, 1872, gr. in-8, portr. photog., br. (*Exemplaire neuf.*)

227. Recueil de têtes choisies de personnages illustres dans les lettres et dans les armes, dessinées et gravées par P. Fidanza, peintre romain, d'après les peintures de Raphaël d'Urbin et autres grands maîtres. *Rome*, 1875, 2 vol. gr. in-fol., 180 planches, demi-rel.

228. Traité historique de la peinture sur verre et Description des vitraux anciens et modernes pour servir à l'histoire de l'art en France, par Lenoir. *Paris*, 1856, 1 vol. gr. in-8, fig., br.

229. Vitraux peints de la cathédrale du Mans, pub. par Eug. Hucher. *Paris*, *Didron*, 1865, gr. in-fol., 20 pl. chromolith., demi-rel. toile, n. rog.

230. Mémoires sur la vie et les ouvrages des membres de l'Académie de peinture et de sculpture, publiés d'après les manuscrits conservés à l'Ecole des beaux-arts. *Paris*, 1854, 2 vol. in-8, br.

231. Raccolta di statue antiche e moderne, da Domenico de Rossi, illustrata di Pavolo Aless. Maffei. *Roma*, 1704, gr. in-fol., 166 planches, v. f., dent., fil., compart., tr. dor.

232. Curiositez inouyes sur la sculpture talismanique des Persans, par J. Gaffarel. *S. l.*, 1631, in-8, v.

233. De l'Usage des statues chez les anciens, par Guasco. *Bruxelles*, 1768, in-4, v. m.

234. Introduction à l'étude des vases antiques d'argile peints, vulgairement appelés étrusques, accompagnée d'une collection des plus belles formes ornées de leurs peintures,

suivies de planches la plupart inédites, par Dubois de Maisonneuve. *Paris, imprim. de Didot*, 1817-18, 13 livr. in-fol. contenant 88 planches.

235. Iconographie romaine, par Visconti. *Paris, Didot*, 1817, tome Ier, in-4, cart., n. r., et deux atlas très-grand in-fol. renfermant 51 planches.

236. A Collection of fac-similes of scarce and curious prints, by the early masters of the Italian, German, and flemish schools, by W. Young Ottley. *London*, 1826, in-4, pap. vélin, 89 pl. sur chine, dem.-chag. n., n. rog. (*Tome 1er.*)

237. Alphabet-Album. Collection de 60 feuilles d'alphabets historiés et fleuronnés, tirés des principales bibliothèques de l'Europe ou composés par Sylvestre, gravés par Girault. *Paris, Téchener*, 1843, in-fol., demi-chagr.

238. Journal manuel de peinture appliquée à la décoration des monuments, appartements, etc., dirigé par Petit et Bisiaux. *Paris*, années 1850 à 1861, 4 vol. in-fol., planches chromolith., dem.-bas. f.

GRAVURE — LIVRES A FIGURES

239. Recueil d'estampes gravées d'après les tableaux du cabinet de Monseigneur le duc de Choiseul, par Basan. *Paris, chez l'auteur*, 1771, in-4, planches (128), demi-v. f. (*Raccommod. au titre et mouill.*)

240. Tableaux et dessins choisis dans le Musée universel et dans les maîtres anciens et contemporains, publiés par Ed. Lièvre. *Paris, Goupil, s. d.*, 2 vol. gr. in-4, 59 eaux-fortes, cart. et br.

241. Tableaux et dessins choisis dans le Musée universel et dans les maîtres anciens et contemporains, publiés par Ed. Lièvre. *Paris, Goupil, s. d.*, in-4, eaux-fortes, en carton.

242. Atlas de gravures relatives à l'histoire universelle, d'après les ouvrages anciens et modernes, dessiné par Louis Weisser. *Paris, Cagnon, s. d.*, in-fol., 147 pl., en carton.

243. L'Illustration nouvelle, par une société de peintres-graveurs à l'eau-forte. *Paris, veuve Cadart*, années 1862 à 1875, gr. in-folio, nombr. planches, en livraisons.

244. Œuvres nouvelles, par Gavarni. *Paris, imprim. Lemercier, s. d.*, 130 planches en 3 vol. in-4, cart. percal.

Les Partageuses. — Les Parents terribles, Piano !... — Les Lorettes vieillies. — Les Invalides du sentiment.

245. L'Œuvre de Gavarni, catalogue raisonné par J. Armelhault et E. Bocher. *Paris, Jouaust*, 1873, gr. in-8, portr., pap. de Holl., br.

246. Galerie des femmes de Shakespeare, collection de quarante-cinq portraits gravés par les premiers artistes de Londres. *Paris, s. d.*, gr. in-8, dem.-mar. rou.

247. Figures d'Homère (Odyssée), dessinées d'après l'antique, par H.-Guil. Tischbein. *Metz, s. d.*, in-fol., 16 pl., dem.-rel.

248. Recueil de vues d'Italie, par Remond, lithogr. par Delpech. *Paris*, 1827-31, 67 pl. in-fol., dem.-v.

249. Vues de Rome, gravées par G. Wouters, Alex. Specchi, Filippe de Rossi, P. Blondeau, etc. *S. l. n. d.*, gr. in-fol., 35 planches, v. m. (*Belles épreuves.*)

250. Campagnes mémorables des Français en Égypte, en Italie, en Hollande, en Prusse, en Russie, etc., par Roullion-Petit. *Paris, Bance*, 1817, 2 vol. gr. in-fol., pap. vélin, pl. grav. d'après Carle et Joseph Vernet, cart., n. rog.

251. La Chine et les Chinois, dessins exécutés d'après nature par Auguste Borget, et lithographiés à deux teintes par Cicéri. *Paris, Goupil, s. d.*, in-fol., planches (33), demi-rel. (*Mouill.*)

252. Étude sur Georges Michel, par Alfred Sensier. *Paris, Lemerre*, 1873, gr. in-8, pap. vélin, portrait et nombr. eaux-fortes, br.

253. Le Roman à l'eau-forte, en douze chapitres inédits, par J. Poisle-Desgranges. *Paris*, 1874, in-8, pap. verg., eaux-fortes (12), par A. Taiée, br. (*Tiré à très-petit nombre.*)

254. Suite de trente-cinq figures in-8, pour les Œuvres de Molière, publiée chez Lemerre.

Tirée à très-petit nombre et complétement épuisée. Epreuves sur papier Wathman et avant la lettre.

255. Scènes de la vie privée et publique des animaux, études de mœurs contemporaines publiées par Stahl. *Paris*, 1842, 7 vol. gr. in-8, illustrés par Grandville, demi-chagr.

255 *bis*. Les Symphonies de l'hiver, par Jules Janin. Illustrations de Gavarni, *Paris*, 1858, gr. in-8, rel. toile, tr. dor.

256. Paul et Virginie, suivi de la Chaumière indienne, par Bernardin de Saint-Pierre. Notice par Sainte-Beuve. *Paris*, *Furne*, 1863, gr. in-8, demi-rel. v. bleu.

Edition ornée des jolies figures et vignettes de Tony Johannot, belles d'épreuves.

257. Voyages de Gulliver, par Swift. *Paris*, 1863, gr. in-8, demi-rel. v. bleu.

Belle édition illustrée par Grandville.

258. L'Enfer de Dante Alighieri, avec les dessins de Gustave Doré. Traduction française de Pier-Angelo Fiorentino, accompagnée du texte italien. *Paris*, *Hachette*, 1865, in-fol., cart., n. rog.

259. Sainte Cécile et la Société romaine aux deux premiers siècles, par dom Guéranger. Ouvrage contenant deux chromolithographies, six planches en taille-douce et deux cent cinquante gravures sur bois. *Paris*, 1874, in-4, rel. toile, ornements dor. sur les plats, tr. dor.

260. Les Fleurs animées, par Grandville. *Paris, Martinon*, *s. d.*, pet. in-4, planches coloriées, demi-rel.

261. Les Arts au moyen âge et à l'époque de la Renaissance, par Paul Lacroix. Ouvrage illustré de 17 planches chromolith. exécutées par F. Kellerhoven et de 400 figures sur bois. *Paris*, *Didot*, 1871, in-4, demi-maroq. rou., avec coins, tr. sup. dor., dos orné, n. rog. (*Bel exemplaire.*)

262. Mœurs, Usages et Costumes au moyen âge et à l'époque de la Renaissance, par Paul Lacroix. Ouvrage illustré de 15 planches chromolith. par Kellerhoven et de 440 gravures. *Paris*, *Didot*, 1871, in-4, demi-maroq. rou., avec coins, tr. supér. dor., dos orné, n. rog.

Bel exemplaire.

263. Vie militaire et religieuse au moyen âge et à l'époque de la Renaissance, par Paul Lacroix. Ouvrage illustré de 14 chromolith. par F. Kellerhoven, Régamey et L. Allard, et de 409 fig. sur bois gravées par Huyot père et fils. *Paris*, *Didot*, 1873, in-4, demi-maroq. rou., avec coins, tr. sup. dor., n. rog.

Bel exemplaire.

264. Le XVIIIe Siècle (1700-1789). Institutions, usages et costumes, par Paul Lacroix. Ouvrage illustré de 21 chromolith. et de 350 grav. sur bois. *Paris*, *Didot*, 1875, in-4, rel. toile, ornements dor. sur les plats, tr. dor.

265. Moyen âge pittoresque, monuments d'architecture, meubles et décors du Xe au XVIIe siècle, 36 vues dessinées

d'après nature par Chapuy, avec un texte descriptif et historique par Moret. *Paris*, 1837, 5 parties en 2 vol. in-fol., planches, demi-v., avec coins. (*Piqûres d'humidité.*)

266. Les Arts somptuaires. Histoire du costume, de l'ameublement et des arts qui s'y rattachent, pub. par Hangard-Maugé, dessins de Cl. Ciappori, texte rédigé par Louandre. *Paris*, 1857-58, texte 2 vol. et 2 vol. d'album comprenant 320 pl. en chromolithographie, dem.-chagr. bl.

267. Lot de 94 cartes géographiques, vues, costumes, etc., des XVIIIe et XIXe siècles.

268. Lot de 130 gravures, noires et coloriées, sur les sciences.

Cercles chromatiques de Chevreul.— Constructions rurales de Lasteyrie. — Pyrotechnie militaire. — Médecine. — Matériel d'artillerie. — Etc.

269. Lot de 290 gravures, noires et coloriées, sur l'archéologie, les antiquités, etc.

ORFÉVRERIE — CÉRAMIQUE — NUMISMATIQUE DANSE — ETC.

270. Trésor de l'abbaye de Saint-Maurice d'Agaune, décrit et dessiné par Edouard Aubert. *Paris*, 1872, gr. in-4, 45 planches, dem.-chagr. rouge, tr. supér. dor., non rogné.

271. Bijoux, orfévrerie, armes, bronzes, choisis dans les collections célèbres (publié par Ed. Lièvre). *Paris*, *Goupil, s. d.*, in-folio, pap. vergé, 30 pl., en carton. (1re *partie, seule parue.*)

Très-belle publication.

272. Histoire de l'orfévrerie-joaillerie, par Paul Lacroix et Ferdinand Seré. *Paris*, 1850, gr. in-8, illustré, br. (*Mouill.*)

273. Guide des amateurs d'armes et armures anciennes, par ordre chronologique, par Aug. Demmin. *Paris, Renouard*, 1869, in-12, nomb. figures, demi.-chag. rou.

274. L'Art dans la parure et dans les vêtements, par Ch. Blanc. *Paris*, *Renouard*, 1875, in-8 carr., nombr. figures, dem.-chagr. rou., tr. supér. dor., n. rog.

275. Le Même, in-8, dem.-mar. rou. avec coins, tr. supér. dor., n. rog.

Exemplaire en grand papier.

276. La Dentelle, histoire, description, fabrication, bibliographie, par J. Séguin. Ouvrage orné de 50 planches photo-

typographiques, fac-simile de dentelles de toutes les époques, et de nombreuses gravures d'après les meilleurs maîtres des XVIe et XVIIe siècles. *Paris*, 1875, in-fol., portr., fig. et pl., broché neuf.

277. Histoire de la céramique, par A. Jacquemart. Ouvrage contenant 200 fig. sur bois et 12 pl. grav. à l'eau-forte, 1,000 marques et monogrammes. *Paris*, 1875, gr. in-8, dem.-maroq. du Levant rou., av. coins, tr. supér. dor., n. rog.

Bel exemplaire.

278. Essai sur l'art de restaurer les faïences, porcelaines, etc., par P. Thiaucourt. *Paris*, 1865, in-12, 51 p., br.

279. Manuel de numismatique ancienne, de M. Hennin. *Paris*, 1830, 2 vol. et atlas de 70 planches, br.

280. Mémoire sur la valeur des monnaies de compte chez les peuples de l'antiquité, par Garnier. *Paris*, 1817, in-4, br.

281. Essai historique et critique sur les monnaies de la Ligue achéenne, par E. Cousinéry. *Paris, Renouard*, 1825, in-4, 45 planches, cart.

Ouvrage devenu rare.

282. Métrologie, ou Traité des mesures, poids et monnoies des anciens peuples et des modernes (par Paucton). *Paris*, 1780, in-4, v. jasp., fil.

283. Traité des monnoies et de la jurisdiction de la Cour des monnoies, par Abot de Bazinghen. *Paris*, 1764, 2 vol. in-4, v. m.

284. De la Rareté et du Prix des médailles romaines, ou Recueil contenant les types rares et inédits, par T.-E. Mionnet. *Paris, Rollin*, 1847, 2 vol. in-8, nombr. planches, dem.-chagr. v.

Ouvrage devenu très-rare.

285. Métrologie, ou Tables pour servir à l'intelligence des poids et mesures des anciens, et principalement à déterminer la valeur des monnaies grecques et romaines, par de Romé de l'Isle. *Paris, imprim. de Monsieur*, 1789, in-4, cart. à la Bradel. (*Légères mouill.*)

286. Médailles de grand et moyen bronze, du cabinet de la reine Christine, frappées tant par ordre du sénat que par les colonies romaines et par les villes grecques, gravées par P. Santes Bartolo, traduit avec le latin en regard, de Sigebert Havercamp (par P. de Hondt). *La Haye*, 1742, in-fol., 63 pl., v. m.

287. Recueil des monnoies tant anciennes que modernes, par de Salzade. *Bruxelles et Dunkerque*, 1767, in-4, pl., v. m.

288. Souvenirs numismatiques de la Révolution de 1848. *Paris, s. d.*, in-4, pl. (60), dem.-chagr. rou., tr. supér. dor., n. rog.

289. Monnaies inconnues des évêques, des innocents, des fous et de quelques autres associations singulières du même temps, par Rigollot, d'Amiens. *Paris*, 1837, in-8, 44 pl., br.

290. Collection des plombs historiés trouvés dans la Seine, par Forgeais. *Paris*, 1862-1866, 5 vol. in-8, figures, br.

Numismatique populaire. — Imagerie religieuse. — Variétés numismatiques. — Enseignes de pèlerinages. — Méreaux des corporations.

291. Antoine Stradivari, luthier célèbre, connu sous le nom de Stradivarius, par Fétis. *Paris*, 1856, in-8, fac-simile, broché. (*Epuisé.*)

292. Nouveaux Tableaux de lecture musicale et de chant élémentaire, par Wilhem. *Paris*, 1838, 2 parties en un vol. très-grand in-folio, dem.-chagr. bl.

293. A choice Collection of 200 Favourite Country Danses, performid at Court, Bath, Tunbrigde, and all Publick Places with proper Figures, or Directions to each June. For the Violin and German Flute. *London*, 1744, in-12 obl., titre gravé, musique, v. br. (*Rare.*)

294. La Danse des salons, par Cellarius. dessins de Gavarni, gravés par Lavieille. *Paris*, 1849, in-8, fig., br. (*Mouill.*)

Littérature.

GÉNÉRALITÉS

295. L'Introduction au Traité de la conformité des merveilles anciennes avec les modernes, ou Traité préparatif à l'apologie pour Hérodote, composé en latin par Henri Estienne. *S. l.*, 1566, in-8, mar. rou., dent. intér., tr. dor. (*Hardy. Quelques raccommodages.*)

296. L'Introduction au Traité de la conformité des merveilles anciennes avec les modernes, ou Traité préparatif à l'apologie pour Hérodote, avec deux tables, par Henri Estienne.

Lyon, par Benoît Rigaud, 1592, pet. in-8 réglé, mar. r., tr. dor.

Bel exemplaire, en ancienne reliure, d'une édition rare.

297. Histoire de la renaissance des lettres en Europe au xve siècle, par Charpentier. *Paris*, 1843, 2 vol. in-8, dem-v. f.

298. Grammaire générale, ou Philosophie des langues, présentant l'analyse de parler, par Albert Montémont. *Paris*, 1845, 2 vol. in-8, br. — Jardin de la langue latine, par Morand. *Paris*, 1860, in-8, br.

299. Dictionnaire grec-français et français-grec, par MM. Alexandre Planche et Defauconpret. *Paris*, 1850 et 1869, 2 forts vol. in-8, cart.

300. Dictionnaire français et celto-breton, par A.-L. Troude. *Brest*, 1842, in-8, dem.-chagr. br., av. coins.

301. Dictionnaire général et grammatical des dictionnaires français, par Napoléon Landais. *Paris*, 1734, 2 vol. gr. in-8, dem.-v. ant. (*Taches de rousseur.*)

302. Dictionnaire étymologique de la langue françoise, par B. de Roquefort, précédé d'une notice sur l'étymologie, par J.-J. Champollion-Figeac. *Paris*, 1829, 2 vol. in-8, dem.-bas. n.

303. Dictionnaire des synonymes de la langue française, avec la thécrie des synonymes, par Lafaye. *Paris*, *Hachette*, 1858, gr. in-8, cart.

Ouvrage couronné.

304. Dictionnaire raisonné des difficultés grammaticales et littéraires de la langue française, par J.-Ch. Laveaux. *Paris*, *Hachette*, *s. d.*, gr. in-8, br.

305. Observation sur l'orthographe française, par A.-F. Didot. *Paris*, 1867, gr. in-8, br.

306. Origines de quelques coutumes anciennes et de plusieurs façons de parler triviales, par Moisant de Brieux, avec une introduction par M. de Beaurepaire. *Caen*, 1874, 2 vol. in-12, portr. sur chine, pap. vergé, br.

307. Grammaire générale et raisonnée de Port-Royal, par Arnauld et Lancelot. Précédée d'un Essai sur l'origine et les progrès de la langue françoise, par Petitot. Et suivie du Commentaire de Duclos. *Paris*, 1803, in-8, bas.

308. Histoire de la poésie provençale, par C. Fauriel. *Paris*, 1846, 3 vol. in-8, br.

309. Proverbes basques, recueillis par Arnauld Oihenart, suivis des poésies basques. *Bordeaux*, 1847, in-8, demi-v. f.

310. Etudes de philologie comparée sur l'argot et sur les idiomes analogues parlés en Europe et en Asie, par Francisque Michel. *Paris*, *Didot*, 1856, gr. in-8, dem.-mar. br., tr. sup. dor.

LANGUES GRECQUE ET LATINE

311. L'Iliade et l'Odyssée d'Homère, trad. par Leconte de Lisle. *Paris*, *Lemerre*, 1867-68, 2 vol. in-8, dem.-chagr. br., av. coins, tr. supér. dor., n. rog.

312. Homère. Iliade, traduction nouvelle par Lagrandville, notice par Jules Janin. *Paris*, 1871, gr. in-8, portr., fig. d'après Marillier, sur chine, avant la lettre, dem.-maroq. v., av. coins, tr. supér. dor., n. rog.

313. Hésiode. Hymnes orphiques. — Théocrite. — Bion. — Moskhos. — Tyrtée, trad. nouv. par Leconte de l'Isle. *Paris*, 1869. — Eschyle, trad. par le même. *Paris*, *Lemerre*, 1872. — Ens. 2 vol. in-8, br.

314. Isocratis opera omnia, græcè et latinè, cum versione nova, triplici indice, variantibus lectionibus, et notis edidit Athanasius Auger. *Parisiis*, *Didot*, 1792, 3 vol. in-8, v. m.

315. Daphnis et Chloé, trad. d'Amyot, compositions d'Emile Lévy, gravées à l'eau-forte par Flameng, dessins de Giacomelli, gravés sur bois par Rouget et Sargent. *Paris*, *Libr. des bibliophiles*, 1872, in-12, maroq. rou., à comp. à la du Seuil, dent. intér., dos orné, tr. dor. (*Thivet.*)

316. L'Ane d'or d'Apulée, ou la Métamorphose, traduction de Savalète. *Paris*, 1872, gr. in-8, figures, maroq. rou. du Levant, av. coins, tr. supér. dor., n. rog.

317. La Pléiade grecque. Poésies légères, traduction contenant : les Odes et fragments d'Anacréon, les poésies de Sapho, etc., etc., par E.-P. Dubois-Guchan. *Paris*, *Didot*, 1873, in-12, dos et coins de maroq. Lavall., dos orné, tr. dor. — Les Erinnyes, tragédie antique, par Leconte de l'Isle. *Paris*, *Lemerre*, 1873, in-8, br. — Fais ce que dois, par François Coppée. *Paris*, *Lemerre*, 1871, in-8, br.

318. Græcæ linguæ dialecti recognitæ opera Michaelis Maittaire. Post Joh. Fred. Reitzium qui præfationem et excerpta ex Appollonii Dysopli grammatica addiderat, totum opus recensuit, emendavit, auxit Frid. Guil. Sturzius. *Lipsiæ*, 1807, gros in-8, pap. fin, vél.

319. Appiani Alexandrini Romanorum historiarum pars prior (et altera). Alex. Tollius correxit et Henrici Stephani ac Doctorum quorundam virorum selectas annotationes adjecit. *Amst., ex. offi. J. Janssonii*, 1670, 2 vol. in-8, frontisp. gr., mar. rouge, fil., comp., tr. dor.

Bel exemplaire, grand de marges.

320. C. Julii Cæsaris quæ extant ex emendatione, Jos. Scaligeri. *Lugduni Batavorum, ex off. Elzeviriana*, 1635, pet. in-12, titre grav., portr., fig. et cartes, maroq. rouge, dent. intér., tr. dor. (*Hardy.*)

Bel exemplaire. Hauteur, 125 millim.

321. C. Julii Cæsaris quæ extant, ex emendatione Jos. Scaligeri. *Amst., ex off. Elzevir.*, 1661, pet. in-12, fig. et cartes, v. br.

Bel exemplaire. Hauteur, 130 millim.

322. La Pharsale de Lucain, ou les Guerres civiles de César et de Pompée, en vers françois, par M. de Brebeuf. *Imprimé à Rouen, et se vend à Paris, chez Ant. de Sommaville*, 1659, in-12, fig. de Chauveau, v. m., fil.

323. Libros de Marco Tulio Ciceron, en que tracta de los Officios, de la Amicia, y de la Senectud, con la Economica de Xenophon, traduzido de latin en romance castellano. *En Enveres*, 1546, pet. in-8, parch.

324. Lettres de Cicéron à Atticus, avec des remarques, par l'abbé de Mongault. *Paris*, 1742, 6 vol. in-12, v. gr. (*Noms effacés sur les titres.*)

325. Œuvres complètes d'Horace, trad. en vers par P. Daru. *Paris*, 1816, 2 vol. in-8, dem.-ch.

326. Libro aureo de Marco Aurelio. *En Salamenca, por Mathias Gast*, 1571, in-12 allongé, vél.

Exemplaire aux armes et aux chiffres de Henri III.

327. La Vita et Metamorfoseo d'Ovidio. *A Lione, per Giov. di Tornes*, 1559, in-8, fig. sur bois, dem.-rel.

328. Ovidii Opera quæ extant. *Londini, J. Brindley*, 1745, 5 vol. in-18, mar. vert., dent. (*Anc. rel.*)

329. Phædri fabularum Æsopiarum libri V. *Parisiis, Lemaire*, 1826, 2 vol. in-8, fig., dem.-v. f.

330. Suetonii tranquilli quæ extant omnia opera, edidit Car. Ben. Hase. *Parisiis, Lemaire*, 1828, 2 vol. in-8, dem.-v. f.

331. Les Œuvres de Cornelius Tacitus, à sçavoir : les Annales et Histoires des choses advenues en l'empire de Rome de-

puis le trespas d'Auguste, l'Assiete de Germanie, la Vie de Jules Agricola, le tout nouvellement mis en françois. *Paris, Abel L'Angelier*, 1584, in-8, joli titre encad. sur bois, bas. m. (*Très-rare.*)

Bel exemplaire.

Traduction de Est. Delaplanche et Claude Fauchet, d'après l'édition latine de Christ. Plantin, publiée à Anvers en 1581.

332. Pub. Terentii Comœdiæ VI cum notis Th. Farnabii. *Amst., apud Joan. Janssonium*, 1651, in-12, mar. rou., dent., tr. dor. (*Armoiries.*)

Exemplaire en reliure ancienne.

333. Obras completas de P. Virgilio Maron, traducidos al castellano por don Eug. de Ochoa. *Madrid*, 1869, in-8, portr., dem.-chagr. rou., av. coins, tr. supér. dor., n. rog.

334. Poemata Joannis Ruxelii Britovillani Cadomensis. *Rothomagi*, 1600, pet. in-8, v., fil.

Poëte normand rare.

335. Joannis Meursii Poemata. *Lugd.-Batav.*, 1602, in-12, cart. à la Bradel.

336. Heinsii (Dan.) Orationum editio nova. Accedunt dissertationes aliquot, nec unius argumenti. *Lugd.-Batav., Elzev.*, 1642, pet. in-12, vél.

Bonne édition. Haut. 133 millim.

337. Heineccii (Gottl.) Fundamenta stilis cultioris, omnibus Ju. Matthiæ Gesneri item Nicolai Niclas animadversionibus, emendationibus et additamentis locupletata. *Lovanii*, 1773, in-4, v. f., fil., tr. dor.

338. Alealmi (Lud.) præsid. prov. Aurel. Poemata. *S. l. n. d.* (XVIIIe siècle), in-8, v. (*Rare.*)

Bel exemplaire de ce recueil des poésies latines de L. Aleaume, lieutenant général du Présidial d'Orléans, natif de Verneuil.

339. Le Thrésor des estudians latins, par diagrames d'une construction méthodique des meilleurs textes, par Cl. Waflart. *Paris*, 1637, in-12, v. fil., tr. dor. (*Très-rare.*)

Bel exemplaire dans sa reliure originale.

LANGUES ITALIENNE, ESPAGNOLE, ANGLAISE, ETC.

340. Illustrations de the divine poem of Dante Alighieri by John Flaxman, sculptor, translat. Rev. H. Francis Cary. *London*, 1867, gr. in-4, pap. vél., dem.-chagr. rou., av. coins, fil., tr. dor.

341. La Jerusalem libertada de Torq. Tasso, puesta en verso castellano por el marques de La Pezuela. *Madrid*, 1855, 2 vol. in-4, illustrations par Karl Girardet, chagr. rou., fil., dent. à froid, tr. dor., en étui.

342. Il Decamerone, di Giovan. Boccaccio, nuovamente corretto et con diligentia stampato. *Firenze*, 1527, in-4, parch. (*Taches d'humidité aux derniers feuillets.*)

Réimpression faite au XVIIe siècle.

343. Il Congresso di Citera, del conte Algarotti. *Parigi*, *Prault*, 1768, pet. in-12, frontisp. et vign. d'Eisen, titre grav. par Moreau, v. éc., fil., tr. dor. (*Signature de Mme de Corny sur le titre.*)

344. Il Misogallo, prose e rime da Vittorio Alfieri. *Londra*, *s. d.*, in-18, figure, dem.-v. v.

345. Vida y hechos del ingenioso hidalgo don Quixote de la Mancha, compuesta por Miguel de Cervantes. *Amsterdam*, 1755, 4 vol. in-12, portrait et figures de Folkema, v. m.

Exemplaire beau d'épreuve.

346. El ingenioso hidalgo don Quixote de la Mancha, compuesto por Miguel de Cervantes Saavedra. *Madrid*, *J. Ibarra*, 1780, 4 vol. in-4, nombr. figures, bas. m.

Ouvrage orné des jolies figures de Joseph del Castillo.

347. L'Ingénieux Hidalgo don Quichotte de la Manche, par Miguel de Cervantès, traduit et annoté par Louis Viardot. *Paris*, *Dubochet*, 1836, 2 vol. gr. in-8, illustrés par Tony Johannot, dem.-chagr. vert.

348. Les Aventures de Gil Blas de Santillane, par Le Sage. *Amst. et Leipzig*, 1767, 4 vol. pet. in-12, fig., v. m.

349. Le Bachelier de Salamanque, par Le Sage. *Paris*, *Poilly*, 1741, 2 vol. in-12, figures, v. m. (*Armoiries.*)

350. Histoire de Guzman d'Alfarache, par Le Sage. *Maestricht*, 1777, 2 vol. in-12, jolies fig., *broché*.

Rare dans cette condition.

351. El Cancionero de Juan Alfonso de Baena (siglo XV). Ahora por primera vez dado à Luz, con notas y comentarios. *Madrid*, 1851, gr. in-8, fac-simile, dem.-chagr. rou., avec coins, tr. supér. dor., n. rog.

352. Obras de don Francisco de Quevedo Villegas. *Madrid*, 1791-94, 11 vol. in-8, portr. et jolies figures de Paret, grav. par Moreno, v. jasp., fil., dos orn. (*Légères mouillures.*)

353. Poesias de Joaquin Lorenzo Luaces. *Habana*, 1857, in-12, maroq. Lavall., doublé de maroq. bl., large dent., tr. dor. (*Thivet.*)

354. Cancionero de Obras de Burlas provocantes à Risa. *Madrid, por Luis Sanchez, s. d.*, in-12, maroq. rou., doublé de maroq. vert à compart. et ornements en or, tr. dor. (*Thivet.*)

355. Antologia española. Colleccion de piezas escogidas sacadas del teatro antiquo, por don Carlos de Ochoa. *Madrid*, 1860, pet. in-8, dem.-v. f.

356. Œuvres diverses de Pope, traduites de l'anglais (par différens auteurs, recueillies par Elie de Joncourt); nouvelle édition, avec de très-belles figures en taille-douce. *Amst.*, 1754, 6 vol. in-12, front. et 18 figures, gravés par Fritsch et Pont, v. m. (*Bel exemplaire.*)

357. Les Imprudences de la jeunesse (par miss Burney), trad. de l'anglais par Mme la baronne de Vasse. *Paris, Buisson*, 1788, 4 vol. in-12, br. (*Rare.*)

358. Lettre de lord Chesterfield à son fils Philippe Stanhope, trad. revue par M. Amédée Rénée. *Paris*, 1842, 2 vol. in-12, br. (*Epuisé.*)

359. Le Faust de Gœthe, traduction en vers, par Alexandre Laya. *Paris*, 1873, in-8, dem.-maroq. brun, av. coins, tr. supér. dor., n. rog.

360. W. Gœthe, les œuvres expliquées par la vie, dernières années, par A. Mézières. *Paris, Didier*, 1873, in-8, br.

361. Poésies populaires du sud de l'Inde, trad. par E. Lamairesse. *Paris*, 1867, in-12, br. — Les Damnés de l'Inde, par Méry. *Paris*, 1868, in-12, dem.-chagr. — Le Saga dans les Eddas, par de Lavelege. *Paris*, 1866, in-12, br.

LITTÉRATURE FRANÇAISE

DITS — FABLIAUX — ROMANS DE CHEVALERIE

(*Réimpressions.*)

362. Essais historiques sur les bardes, les jongleurs et les trouvères normands et anglo-normands, par l'abbé Delarue. *Caen*, 1834, 3 vol. in-8, demi-maroq. viol., n. rogné.
Bel exemplaire en grand papier de Hollande.

363. La Vie au temps des trouvères, croyances, usages et mœurs intimes des XIe, XIIe et XIIIe siècles, par Antony Méray. *Paris*, 1873, in-12, pap. de Holl., br.

Tire à petit nombre.

364. Grammaire de la langue d'Oïl, ou Grammaire des dialectes français aux XIIe et XIIIe siècles, suivie d'un glossaire, par G.-F. Burguy. *Paris, Franck*, 1869, 3 vol. in-8, dos et coins de v. f.

365. Dictionnaire de la langue française au XIIe et au XIII siècle, par C. Hippeau. *Paris*, 1873, in-8, br.

366. Les Contes du gay sçavoir. Ballades, fabliaux et traditions du moyen âge, publiés par Ferd. Langlé, et ornés de vignettes et fleurons imités des manuscrits originaux, par Bonnington et Monnier. *Paris, Firm. Didot, s. d.*, front. gr., vign., lettres ornées, coloriées, v. rou., orn. à froid sur les plats, tr. dor. (*Thouvenin.*)

367. Ritmes et Refrains tournésiens (1447-1491) (pub. par Dumortier). *Mons*, 1837, in-8, pap. vél., dem.-chagr. v., av. coins, tr. supér. dor., n. rog.

Tiré à 100 exemplaires.

368. Le Livre des cent ballades, pub. par le marquis de Queux de Saint-Hilaire. *Paris*, 1868, in-8, texte encadré, pap. de Holl., br.

Tiré à petit nombre.

369. Vaux de Vire d'Olivier Basselin, poëte normand de la fin du XIVe siècle, par Louis du Bois. *Caen*, 1821, in-8, cart. — Olivier Basselin et les Compagnons du Vau de Vire. Une erreur historique et littéraire, par Julien Travers. *Caen*, 1867, in-8, 40 p., br.

370. Jean Le Houx. Les Vaux de Vire publ., avec des notes, par A. Gasté. *Caen*, 1875, pet. in-12, portr., pap. vergé, br.

371. Jean le Houx et le Vau de Vire à la fin du XVIe siècle. *Caen*, 1875, gr. in-8, eau-forte de Valentin et fac-simile, broché.

Exemplaire en grand papier de Hollande.

372. Poésies de Clotilde de Surville, poëte français du XVe siècle, publiées par Vanderbourg. *Paris*, 1824, 2 vol. in-8, fig. sur chine, dem.-chag. mar.

373. Poésies de Marie de France, poëte anglo-normand du XIIIe siècle, ou Recueil de lais, fables et autres productions de cette femme célèbre, par B. Roquefort. *Paris, Chasseriau*, 1820, 2 vol. in-8, fig., v. f., dent., dos orné.

Bel exemplaire.

374. Vie de Merlin, attribuée à Geoffroy de Monmouth, suivie de l'histoire des prophéties de ce barde, publ. par Francisque Michel et Thomas Wright. *Paris, Didot*, 1837, in-8, pap. vél., br. *(Tiré à petit nombre.)*

375. Fabliaux et Contes des poëtes français des XIe, XIIe, XIIIe, XIVe et XVe siècles, tirés des meilleurs auteurs, publiés par Barbazan. Nouvelle édition, augmentée et revue sur les manuscrits de la Bibliothèque impériale, par Méon. *Paris*, 1808, 4 vol. in-8, fig., demi-v. v.

376. Vers sur la mort, par Thibaud de Marly. 2e édition, augmentée du Dit des trois mors et des trois vifs et du Miruer du monde. *Paris, Crapelet*, 1835, gr. in-8, br.

Exemplaire en grand papier vélin, tiré à petit nombre.

377. Poëmes des bardes bretons du VIe siècle, traduits avec le texte en regard, par Th. Hersart de La Villemarqué. *Rennes*, 1850, in-8, dem.-v. f., avec coins, n. rog.

378. Mystères inédits du quinzième siècle, publiés par Achille Jubinal. *Paris*, 1837, 2 tomes en 1 vol. in-8, fig., dem.-v. f. *(Piq. d'humidité.)*

Tiré à petit nombre.

379. La Chanson du chevalier au Cygne et de Godefroid de Bouillon, publiée par Hippeau. *Paris*, 1874, in-12, br. — Messire Gauvain, poëme de la Table ronde, publié par le même. *Paris*, 1862, in-12, br. — La Vraie Farce de maître Pathelin, publiée par Ed. Fournier. *Paris, Jouaust*, 1873, in-12, pap. de Holl., br. *(Tiré à petit nombre.)* — Contes, par Bonav. des Périers, publiés par P. Lacroix. *Paris*, 1872, in-12, dem.-chagr. br.

380. Charlemagne, an anglo-norman poem of the Twelfth century. Now first published with an introduction and à Glossarial index by Francisque Michel. *London, Pickering*, 1836, in-12, fac-simile, demi-rel.

Réimpression à petit nombre.

381. Roman du comte de Poitiers, publié pour la première fois, d'après le manuscrit unique de l'Arsenal, par Francisque Michel. *Paris, Silvestre*, 1831, in-8, papier vél., demi-maroq. bl. avec coins, n. rog.

Tiré à 100 exemplaires.

382. Le Roman de Rou et des ducs de Normandie, par Robert Wace, poëte normand du XIIIe siècle, publié par Frédéric Pluquet. *Rouen*, 1827, 2 vol. in-8, gr. pap. vél., fig. sur chine, cart., n. rog.

Tiré à petit nombre.

383. Roman de la Violette, ou de Gérard de Nevers, en vers, du XIIIe siècle, par Gilbert de Montreuil, publié par Francisque Michel. *Paris, Silvestre,* 1834, in-8, pap. vélin, fig., maroq. citr., large dent., tr. dor., dos orn. mosaïque. (*Rel. angl.*)

Exemplaire contenant deux suites de figures, l'une sur chine, l'autre coloriée.

384. Les Romans du Renard, examinés, analysés et comparés d'après les textes manuscrits les plus anciens, les publications latines, flamandes, allemandes et françaises, par Rothe. *Paris,* 1845, in-8, 520 p., dem.-v. ant.

Peu commun.

385. Les Aventures de maître Renart et d'Ysengrin son compère, par Paulin-Paris. *Paris, Techener,* 1851, in-12, broché.

386. Le Renard (Reineke Fuchs), par Goëthe. Poëme traduit par Edouard Grenier. Illustré par Kaulbach. *Paris, s. d.,* gr. in-8, dem.-maroq. brun, tr. supér. dor., n. rog. (*Bel exemplaire.*)

387. Analyse critique et littéraire du roman de Brut, de Wace, par Le Roux de Lincy. *Rouen,* 1838, in-8, dem.-rel.

388. Selections from the early ballad poetry, of England and Scotland, edited by Rich. John King. *London, W. Pickering,* 1842, pet. in-8, tit. gr., têtes de chap., cart., n. c.

POÈTES

389. Poëme inédit de Jehan Marot, publié d'après un manuscrit de la Bibliothèque impériale, avec une introduction et des notes, par Georges Guiffrey. *Paris, Renouard (imprimerie de Perrin, de Lyon),* 1860, gr. in-8, pap. vergé, fig., dem.-maroq. Laval., avec coins, tr. sup. dor., n. rog.

390. Poésies diverses d'Antoine de La Sablière et de François de Maucroix, publ. par A. Walckenaer. *Paris, Nepveu,* 1825, in-8, br.

391. Fables choisies, mises en vers, par M. de La Fontaine. *La Haye, Van Bulderen,* 1700, 5 part. en 1 vol. in-12, frontisp. gr. par R. de Hooge, et nombr. figures à mi-pages par H. Cause, vél. bl. (*Bel exemplaire.*)

392. Contes et Nouvelles en vers, par J. de La Fontaine. *Paris*, 1874, 2 vol. in-8, pap. vergé, fig., vign. et culs-de-lampe, en carton.

Réimpression de l'édition dite des Fermiers-Généraux.

393. Fables de La Fontaine, édition illustrée par Granville. *Paris*, *Garnier*, 1859, gr. in-8, vignettes, demi-rel., v. viol.

394. Fables de La Fontaine. *Paris*, 1868, in-fol., demi-v.

Belle édition, illustrée par Gustave Doré.

395. Le Virgile travesti en vers burlesques, de Scarron. *Lyon*, 1728, 2 vol. in-12, v.

Une gravure à chaque livre. La suite du huitième livre a paru pour la première fois dans cette édition.

396. Le poëte sans fard, ou Discours satiriques en vers, par Gacon. *Cologne, Corn. Egmont*, 1697, in-12, joli frontisp. gravé par Harrewyn, *broché*.

Peu commun dans cette condition.

397. Fables nouvelles, dédiées au roy, par M. de La Motte. *Paris*, *Grég. Dupuy*, 1719, in-4, frontisp. et figures gr. par Coypel, v. gr.

Exemplaire beau d'épreuves.

398. Œuvres de Régnier, contenant les Epistres et les Satyres, avec des remarques. *Londres*, 1730, 2 tomes en 1 vol. in-8, v.

399. Les Dons des enfants de Latone, la Musique et la Chasse du cerf, poëmes dédiés au roy, par J. Serré de Rieux. *Paris*, *Prault*, 1734, in-8, pap. de Holl., jolies figures de Oudry grav. par Le Bas, v. m. (*Léger raccommodage dans le fond de la marge du titre.*)

400. Ode sur la convalescence du roi, par Gresset. *Amiens*, *Ve Godard*, 1744, 10 pag. in-4. (*Piq. de ver.*) — Lettre au sujet de l'Ode de M. Gresset sur la convalescence du roy, à M. L. S., en sa maison de campagne en Picardie. *Amst.*, *P. Marteau*, 1745, 7 pag. in-4. — Récit des principales circonstances de la maladie de feu Mgr le Dauphin (par Collet, son confesseur). *Paris*, 1766, 16 pages. — Epître au roy, par un philosophe parisien (J.-Ch. Bidant de Montigny). *Paris*, 1744, in-4 de 8 pag. — Ens. 4 pièces originales in-4, dér. (*Très-rares.*)

401. La Ligue, ou Henry le Grand, poëme épique, par Voltaire. *Amst.*, 1724, in-12, v. gr. — Candide, ou l'Optimisme, trad. de l'allem. par le doct. Ralph. *S. l.*, 1759, in-12, dem.-rel. (*Edit. orig.*) — Prix de la justice et de

l'humanité, par Voltaire. *A Ferney*, 1778, in-8, portr., bas. m.

402. Les Tourterelles de Zelmis, poëme érotique, par Dorat. *S. l. n. d.*, frontisp., fig. et vign. d'Eisen gr. par de Longueil. — Silvie, par Watelet. *Londres*, 1743, vig. — Zéphirine, ou l'Epoux libertin, anecdote volée, par Garnier. *Amsterdam*, 1771, in-8, fig. de Fessard. — Anacréon cytoyen, par Dorat. *Amst.*, 1774, figure de Fessard. — Ens. 4 ouvr. en 1 vol. in-8, cart. (*Exempl. fatigué.*)

403. Les Saisons, poëme, par Saint-Lambert. *Paris, Janet*, 1823, in-8, fig., dem.-v. rose, *non rogné*.

Belle édition, bien correcte.

404. Satires, par Dulorens, avec une notice, par M. Villemain. *Paris*, *Jouaust*, 1869, in-12, pap. vergé, portrait sur chine. — Les Violettes, élégies et poëmes, par Abel Fabre. *Paris*, *Fontaine*, 1855. — Feuilles de lierre, par Ferdinand Fabre. *Paris*, *Charpentier*, 1853. 2 ouv. en 1 vol. in-12, pap. fort, dem.-chag.

405. Le Paquet de mouchoirs, monologue dédié au beau sexe, par Vadé. *A Calcéopolis*, 1750, in-12, dem.-v. ant. — Le Papillotage, ouvrage comique et moral, par le même. *Rotterdam*, 1766, in-12, dem.-chagr. rou.

406. La Pipe cassée, poëme héroï-comique, par Vadé. *Paris*, *Leclerc*, 1866, in-12, pap. vél., vign. et culs-de-lampe d'Eisen, br.

407. Les Troubadours modernes, ou Amusements littéraires de l'armée de Condé (publiés par M. de Termonville). *Constance*, 1797, in-8, br.

408. Premières poésies, par Alfred de Musset, 1829-1835. *Paris*, 1852, in-12, broché. — Œuvres posthumes du même. *Paris*, 1867, in-12, dem.-chagr. rou., avec coins, tr. supér. dor., n. rog.

Épuisé. — Bel exemplaire.

409. Les Perruques, poëme héroï-comique-historique, par M***. *Paris*, 1816, br. in-8.

410. Mes Premières Ailes, par Gust. Chatenet. *Paris*, 1842. — Les Petites Marionnettes, satire, par le même. *Paris*, 1857. (*Env. d'aut. à Sainte-Beuve.*) — L'Avénement de Charles X, ou les Trois Visions, par Bignan. — Le Trappiste, poëme, par de Vigny. *Paris*, 1823. (Avec lettre autogr., signée : *de Martres, ancien prieur de la Trappe*

d'Espagne.) — Epître à quelques poëtes panégyristes, par Gust. Drouineau. *Paris*, 1824. —Ens. 5 broch. in-8.

411. Les Contes rémois, par le comte de Chevigné. *Paris, Lemerre*, 1873, in-12, portr. gr. à l'eau-forte par Flameng, dem.-maroq. bl., av. coins, tr. supér. dor., n. rog.

412. Poëmes barbares, par Leconte de Lisle. *Paris, Lemerre*, 1872, in-8, dos et coins de maroq. rou., tr. sup. dor.

413. Les Châtiments, par Victor Hugo. *Paris, Hetzel, s. d.*, in-12, br. — La Légende des siècles, par le même. *Paris, Hachette*, 1871, in-12, dem.-rel. chagr. r.

414. La Première Absence, lettres en vers, par Elie Cabrol. *Paris, Jouaust*, 1872, pet. in-8, pap. de Holl., 12 eaux-fortes d'après d'Hurcelles, dem.-maroq. bl., av. coins, tr. supér. dor., dos orn., n. rogn.

415. Les poëtes français, recueil des chefs-d'œuvre de la poésie française, depuis les origines jusqu'à nos jours, publ. sous la direction de M. Crépet, avec une introduction, par Sainte-Beuve. *Paris, Gide*, 1861-62, 4 vol. in-8, demi-chagr. br., avec coins.

416. La Caribarye des artisans, ou Recueil nouveau des plus agréables chansons, vieilles et nouvelles, publ. par Percheron. *Paris, J. Gay*, 1862, in-12, pap. vergé, br.

Tiré à petit nombre.

417. Chansons de Gustave Nadaud. *Paris*, 1870, in-8, portr., fac-simile, dem.-chagr. rou., tr. supér. dor., n. rog.

PROSATEURS

418. Mademoiselle de Scudery, sa vie et sa correspondance, avec un choix de ses poésies, par MM. Rathery et Boutron. *Paris*, 1873, in-8, dem.-maroq. vert, avec coins, tr. supér. dor., n. rog.

419. Le Miroir qui ne flatte point, par P. de La Serre. *Paris, Billaine*, 1634, in-8, fig., v. m., fil. (*Titre fatigué.*)

420. Lettre à Mme la marquise ***, sur le sujet de la *Princesse de Clèves* (de Mme de La Fayette), par de Valincourt. *Paris, Cramoisy*, 1678, in-12, v. (*Rel. fatiguée.*)

Ouvrage très-rare, qui s'ajoute à l'édition originale de la *Princesse de Clèves*.

421. Magasin des enfants, par Mme Leprince de Beaumont. *Paris, Morizot, s. d.*, gr. in-8, dem.-chagr. vert, tr. dor.

422. Lettres d'une Péruvienne, par Mme de Grafigny. *A Peine* (1747), in-12, v. m.

Bel exemplaire. Edition originale.

423. Les Aventures de Télémaque, fils d'Ulysse, par messire Fr. de Salignac de La Motte Fénelon. *Londres, Dodsley*, 1738, 2 vol. in-12, portr. gr. par Scotin, d'après Vivien, figures de Bernard Picart et Debrie, maroq. rou., dent. intér., tr. dor. (*Rel. jansén. de Hardy.*)

Exemplaire en papier vergé de Hollande.

424. Les Aventures de Télémaque, fils d'Ulysse, par Fénelon. *Londres (Cazin)*, 1791, 3 vol. in-16, brochés. (*Rare.*)

425. Histoire du chevalier des Grieux et de Manon Lescaut (par l'abbé Prévost). *Amsterdam*, 1756, 2 vol. pet. in-12, v. m.

426. Histoire de Manon Lescaut et du chevalier des Grieux, par l'abbé Prévost, pub. par Arsène Houssaye. *Paris, Jouaust*, 1874, 2 vol. in-12, pap. vergé de Holl., portr. et 6 eaux-fortes, par Hédouin, brochés.

Tiré à petit nombre. Epuisé.

427. Histoire du chevalier des Grieux et de Manon Lescaut, bibliographie et notes pour servir à l'histoire du livre, 1728-1731-1753 (par M. Harisse). *Paris, Rouquette*, 1875, in-8, pap. de Holl., br.

Tiré à petit nombre et complétement épuisé.

428. La Nouvelle Héloïse, ou Lettres de deux amants habitants d'une petite ville au pied des Alpes, par J.-J. Rousseau. *Neuchâtel et Paris*, 1754, 4 vol. in-8, fig. de Cochin et Gravelot, cart. (*Lég. mouill.*)

429. La Nouvelle Héloïse, ou Lettres de deux amants habitans d'une petite ville au pied des Alpes, par J.-J. Rousseau. *S. l. n. d.*, 2 vol. in-4, fig. de Moreau le jeune, grav. par de Launay, v. m.

430. Émile, ou de l'Éducation, par J.-J Rousseau. *La Haye, J. Néaulme*, 1762, 4 vol. in-8, fig. d'Eisen (5), v. m. (*Cassure à 1 feuillet du tome 2.*)

431. Mémoires de madame de Warens, suivis de ceux de Claude Anet, publiés par Dopet. *Paris, Obre*, 1798, in-8, br., n. c.

Théophile Gautier a puisé dans ce livre le fond de son ouvrage sur les Charmettes.

432. Lettres d'une chanoinesse de Lisbonne à Melcour. *La Haye et Paris, Delalain*, 1771, 2 figures, 1 vignette et 1 cul-de-lampe par Eisen, gravés par Massard. — Idylles de Saint-Cyr, ou l'Hommage du cœur. *Paris, Delalain*, 1771, 1 figure et 1 vignette par Marillier, grav. par de Ghendt, et 1 cul-de-lampe du même grav. par Duclos. — Ensemble 2 ouvrages en 1 vol. in-8, cart., *non rogné.*

Bel exemplaire.

433. L'Abailard supposé, ou le Sentiment à l'épreuve, par madame la comtesse de Beauharnais. — L'Aveugle par amour, par la même. *Paris*, 1780-81, in-8, v. gr., fil., tr. dor.

434. Littérature et Voyages, par J.-J. Ampère. *Paris, Didier*, 1863, in-12. — Nouveaux Essais de critique et d'histoire, par M. Taine. *Paris, Hachette*, 1865, in-12. — Ensemble 2 vol. in-8, dem.-rel.

435. Princesses de comédie et Déesses d'opéra, par Arsène Houssaye. *Paris*, 1860, gr. in-8, joli frontisp. gr. d'après Léopold Flameng, dem.-chagr. rou., n. rog. (*Bel exempl.*)

Envoi d'auteur signé : « A Jules Janin. »

436. Les Travailleurs de la mer, par Victor Hugo. *Paris*, 1866, 3 vol. in-8, br.

437. L'Homme qui rit, par Victor Hugo. *Paris*, 1869, 4 vol. in-8, br.

438. L'Affaire Clémenceau. Mémoire de l'accusé, par Alex. Dumas fils. *Paris*, 1866, in-8, dem.-chagr. rou.

439. Le Tailleur de pierres de Saint-Point, récit villageois, par Alph. de Lamartine. *Paris, Furne*, gr. in-8, dem.-chag., tr. dor.

440. Sous les Tilleuls, — Raoul, par A. Karr. *Paris, Michel Lévy*, 1864-71, 2 vol. in-12, dem.-chagr.

ROMANTIQUES — THÉATRE

441. HUGO (Victor). Théâtre complet. Cent quatorze dessins par Beauce, Foulquier, Célestin Nanteuil et Riou. *Paris, J. Hetzel, s. d.*, gr. in-8, br.

442. HUGO (V.). Le Roi s'amuse, drame. *Paris, Renduel*, 1832, in-8, fig., cart. — Marino Faliero, par Casimir Delavigne. *Paris, Ladvocat*, 1829, in-8, cart.

Editions originales.

443. Hugo (V.). Hernani, drame. *Paris, E. Renduel*, 1836, in-8, broché.
Bel exemplaire.

444. Hugo (V.). Marion Delorme. *Paris, E. Renduel*, 1836, in-8, broché.
Bel exemplaire.

445. Hugo (V.). Angelo, drame. *Paris, E. Renduel*, 1837, in-8, broché.
Bel exemplaire.

446. Balzac (de). Béatrix, ou les Amours forcés. *Paris, Souverain*, 1840, 2 vol. in-8, br.
Edition originale.

447. Baudelaire (Charles). Souvenirs, correspondances, biographie, suivi de pièces inédites. *Paris*, 1872, in-8, br.

448. Cabanon (Emile). Un Roman pour les cuisinières. *Paris, E. Renduel*, 1834, in-8, br., rogné. (*Lég. mouill.*)
Rare.

449. David. Le Dernier Marquis. *Paris, Bourmancé*, 1838, 2 vol. in-8, cart. à la Bradel, n. rog.
Peu commun.

450. Delavigne (Casimir). Epître à l'Académie française. 1817. — Messénienne sur Byron. *Paris*, 1824. 2 br. in-8.
Edition originale.

451. Delavigne (Casimir). Marino Faliero. *Paris*, 1829, in-8, cart., n. rog.
Edition originale.

452. Deschamps (Emile). Etudes françaises et étrangères. *Paris*, 1829, in-8, br.

453. Drouineau (Gustave). Les Ombrages, contes spiritualistes. *Paris, Gosselin*, 1833, in-8, dem.-v. f.
Edition originale.

454. Dumas (Alexandre). Stockholm, Fontainebleau et Rome, trilogie dramatique sur la vie de Christine, cinq actes en vers. *Paris, Barba*, 1830, in-8, figure, dérel.
Edition originale.

455. Duvergier (Ch.). Le Monomane. *Paris, Bufquin-Desessart*, 1835, in-8, br., non rogné.

456. Janin (Jules). Le Gâteau des rois, symphonie fantastique. *Paris*, 1847, 1 vol. in-12, br.
Edition originale.

457. Janin (Jules). Les Oiseaux bleus. *Paris, Hachette*, 1864, in-12, br.

458. Nodier (Charles). Souvenirs de jeunesse. Extrait des Mémoires de Maxime Odin. *Paris, Levavasseur*, 1832, in-8, dos et coins v. r., n. rog.

---

459. Les Tragédies de Robert Garnier, lieutenant général au siége présidial et sénéchaussée du Maine. *Paris, Gabr. Buon*, 1599, in-12, v. gaufré, fil., tr. dor. (*Bel exemplaire.*)

460. L'Héritier ridicule, ou la Dame intéressée, comédie par Scarron. (*Au Quærendo.*) *Suivant la copie imprimée à Paris*, 1668, petit in-12, 75 p., dérel. (*Haut.*, 130 *millim.*)

461. Le Jodelet duelliste, comédie, par Scarron. (*Au Quærendo.*) *Suivant la copie imprimée à Paris*, 1668, pet. in-12, 80 p., dérel. (*Haut.*, 130 *millim.*)

462. Soliman, tragédie par de La Tuilerie. — Hercule, tragédie par le même. (*A la Sphère.*) *La Haye, Adr. Moetjens*, 1681-82, 2 pièces pet. in-12, dérel.

463. Recueil de pièces de théâtre, la plupart en éditions originales. In-8, dem.-rel.

Le Sorcier, comédie lyrique meslée d'ariettes. 1764. — Isabelle et Gertrude, ou les Sylphes supposés, comédie meslée d'ariettes, par Favart. *Paris*, 1765. — Le Siége de Calais, tragédie, par de Belloy. *Paris*, 1765. — Le Cercle, ou la Soirée à la mode, par Poinsinet. — L'Orphelin de la Chine, tragédie. 1755. — Amélie, ou la Duchesse de Foix, tragédie par M. de Voltaire. — Le Philosophe marié, par Nericault Destouches. 1727. — Etc., etc.

464. Théâtre de Régnard. *Londres* (*Cazin*), 1784, 4 vol. in-16, brochés.

Rare dans cette condition.

465. Mémoires de J.-B. Albouy-Dazincourt, comédien sociétaire du Théâtre-Français. *Paris*, 1809, in-8, bas., fil.

Dazincourt est né à Marseille en 1747. Ces Mémoires sont très-intéressants.

466. Le Théâtre, par Ch. Garnier. *Paris*, 1871, in-8, br.

CONTES ET ROMANS

467. Les Contes drôlatiques de Balzac. 7e édit., illustrée de 425 dessins de G. Doré. *Paris, Garnier*, 1831, in-8, dos et coins de mar. bl., dos orné.

468. La Patte du chat, conte zinzimois, par Cazotte. *A Tilloobalaa*, 1741, in-12, bas.

469. Contes de tous pays, par Emile Chasles. *Paris, s. d.*, gr.

in-8, illustré par G. Staal, dem.-chagr. rou., tr. sup. dor., n. rog., dos orné.

Bel exemplaire.

470. Bibliothèque récréative. Contes, lettres, dialogues, satires, facéties, écrits en français ou traduits du latin, publiés par V. Develay. (*Editions diamants.*) *Paris, Académie des bibliophiles*, 1865-73, 25 vol. pet. in-12, pap. vergé, vign., chagr. rou., tr. dor.

471. Les Sept Journées de la reine de Navarre, suivies de la huitième (édition de Claude Gruget, 1559). Notice, notes, index et glossaire par M. Paul Lacroix, avec eaux-fortes par Flameng. *Paris, Librairie des bibliophiles*, 1872, 4 vol. in-12, mar. rou. jans., dent. intér., tr. dor. (*Thivet.*)

472. Les Dix Journées de Jean Boccace, trad. de Le Maçon, avec notice, notes et glossaire par M. Paul Lacroix, et 11 eaux-fortes de Léop. Flameng. *Paris, Librairie des bibliophiles*, 1873, 4 vol. in-12, mar. rou., dent. intér., tr. dor. (*Thivet.*)

473. Mémoires de Jacques Casanova de Seingalt. *Bruxelles*, 1871, 6 vol. in-12, br., et suite de 47 figures in-8.

474. Candide, ou l'Optimisme, par Voltaire, trad. de l'allemand par le docteur Ralph. *S. l.*, 1759, in-12, dem.-rel. (*Déchirure au titre.*)

Edition originale.

475. Les Princesses malabares, ou le Célibat philosophique, par Pierre de Longue. *Andrinople* (*France*), 1739, in-12, cart., n. rog.

476. Histoire du prince Titi, par de Saint-Hyacinthe. *Paris*, 1752, 3 vol. in-12, brochés.

477. Aventures de Robinson Crusoé, par Daniel de Foë, traduites par Mme Tastu, illustrées de 42 gravures sur acier. *Paris, s. d.*, 2 vol. in-8, d.-v. vert.

478. Les Egarements du cœur et de l'esprit, ou Mémoires de M. de Meilcour, par Crébillon fils. *Paris*, 1736, 3 part. en 1 vol. in-12, vign.

479. Tanzaï et Neardané, histoire japonaise, par Crébillon fils. *Pékin*, 1749, 2 part. en 1 vol. in-12, bas.

480. Lettres de la marquise de M*** au comte de R***, par Crébillon fils. *La Haye*, 1749, 2 part. en 1 vol. in-12, bas.

481. Lettres athéniennes extraites du portefeuille d'Alcibiade, par Crébillon fils. *Londres*, 1771, 4 tom. en 2 vol. in-12, v. m.

482. Le Papillotage, ouvrage comique et moral. *Rotterdam*, 1766, in-12, dem.-chag. rou., n. rog.

483. Les Mille et une Soirées, contes mogols. *Lille*, 1782, 2 vol. in-12, cart., n. rog.

Rare dans cette condition.

484. Les Posthumes, lettres reçues après la mort du mari, par sa femme qui le croit à Florence, par Rétif de La Bretonne. *Paris*, 1802, 4 part. en 2 vol. in-12, dem.-v. f., avec coins, dos orn.

Bel exemplaire.

485. Romans, par Paul de Kock. *Paris, s. d.*, 2 vol. gr. in-4 illustré, cart. percal. v.

486. Voyage au pays des bayadères et au pays des perles, par L. Jacolliot. *Paris, Dentu*, 1873-75, 2 vol. in-12, figures, br.

487. Mademoiselle La Quintinie, par George Sand. *Paris, Lévy*, 1866, in-12, dem.-rel. — La Filleule. *Paris*, 1861, in-12, br. — Valvèdre, par George Sand. *Paris, Lévy*, 1863, in-12, demi-rel.

488. Madame et monsieur Cardinal. *Paris, Lévy*, 1873, in-12, br. — Une Tendre Dévote, par Angél. Arnaud. *Paris, Sartorius*, in-12, fig., br. — Voyage autour du grand monde, par Quatrelles. *Paris, Hetzel*, 1869, in-12, dem.-rel.

489. Romans divers, par About. *Paris, Hachette*, 1868-70, 5 vol. in-12, dem.-chagr. rou.

Maître Pierre. — Madelon. — Germaine. — Les Mariages de province. — Etc.

490. Romans, par Ponson du Terrail. 17 vol. in-12, dem.-v. f.

Rocambole. — Les Drames de la vie. — Etc.

SUR L'AMOUR, LES FEMMES, LE MARIAGE

491. Arétin. Il Libro del Perché, la pastorella del Marino, la novella dell' Angelo Gabriello, et la puttana errante di Pietro Aretino. *A Pe-king, regnante Kien-Long, nel* XVIII *secolo*, in-12, pap. vergé, joli titre gr., dem.-maroq. bl., av. coins, tr. dor.

Edition recherchée des amateurs.

492. Nouvelle traduction de Roland l'Amoureux, de Matheo Maria Boyardo, conte di Scandiano, par René Lesage. *Paris, P. Ribou,* 1717, 2 vol. in-12, figures, maroq. citron ancien, fil., compart., tr. dor. (*Griffonnages sur le titre du* 1er *volume.*)

493. Les Cent Nouvelles nouvelles, publiées d'après le seul manuscrit connu, avec introduction et notes par Thomas Wright. *Paris, Jannet,* 1858, 2 vol. in-12, pap. vergé, brochés.

494. Amitiez, Amours et Amourettes, par Le Pays. *Paris, Charles de Sercy,* 1665, in-12, vél. blanc, à recouvrement.

495. Les Plaisirs et les Chagrins de l'amour, où l'on voit les différens états de la vie, remplis d'avantures surprenantes et singulières, causez par la galanterie. *Amsterdam,* 1722, 2 tomes en 1 vol. in-12, v. (*Rare.*)

496. Académie galante, contenant diverses histoires très-curieuses. *Amst.,* 1732, 2 part. en 1 vol. in-12, frontisp. grav., v. br.

497. Parapilla et autres œuvres libres, galantes et philosophiques de M. B*** (Bordes). *A Florence,* 1783, in-8, v.

498. L'Amour et les Oiseleurs, poésie, suivi de plusieurs autres poésies pastorales et galantes. Manuscrit du XVIIIe siècle, de 100 p., in-12, v. f., fil.

499. La Nymphomanie, ou Traité de la fureur utérine, par de Bienville. *Amst.,* 1784, in-12, cart. à la Bradel.

500. Traité des eunuques, par Ancillon, dans lequel on explique toutes les différentes sortes d'eunuques, quel rang ils ont tenu et quel cas on en fait, etc. On examine principalement s'ils sont propres au mariage et s'il leur doit être permis de se marier. *S. l.,* 1707, in-12, broché.

Rare dans cette condition.

501. Sermon pour la consolation des cocus, prononcé au sujet de A*** B***. *Roanne,* 1833, in-8, front., demi-mar. citron.

502. LE TRIUMPHE de haulte et puissante dame Vérolle et le Pourpoint fermant à boutons, avec une préface et un glossaire, par Anatole de Montaiglon, et le fac-simile des bois du Triumphe, par M. Adam Pilinski. *Paris,* 1874, in-8, pap. de Holl., fig., br.

Tiré à petit nombre.

503. Glossarium eroticum linguæ latinæ, auctore P. P. (Pierrugues). *Parisiis,* 1826, gr. in-8, dem.-v.

FACÉTIES — DISSERTATIONS SINGULIÈRES

504. Les Amoureux Brandons de Franciarque et Callixène. Roman réimprimé sur le seul exemplaire connu, et augmenté d'une note bibliographique, par Paul Lacroix. *Genève, Gay*, 1868, pet. in-12, pap. de Hollande, br., *non coupé.*

Tiré à cent exemplaires.

505. Folengo. Histoire maccaronique de Merlin Coccaie, prototype de Rabelais. *Paris, Toussainct du Bray*, 1606, 2 vol. pet. in-12, v.

506. Democritus ridens, sive campus recreationum honestarum, cum exorcismo Melancholiæ. *Amst., Janssonium*, 1649, pet. in-12, frontisp. gr., v. (*Rare.*)

507. Le Moyen de parvenir, par Béroalde de Verville. *Nulle part*, 1000 700 39, 2 vol. pet. in-12, v. fil.

508. Le Moyen de parvenir, par Béroalde de Verville. *Londres* (*Cazin*). 1786, 3 vol. in-18, dem.-maroq. rou., avec coins, tr. supér. dor., n. rognés.

Bel exemplaire, rare dans cette condition.

509. Comptes amoureux, par Mme Jeanne Flore. Réimpression textuelle de l'édition de Lyon, 1574, avec notice bibliographique par le bibliophile Jacob. *Turin, Gay*, 1870, in-18, br., n. coupé.

Rare. Tiré à cent exemplaires.

510. Entretiens ou Amusements sérieux et comiques, par Rivière-Dufresny. *Paris, Jouaust*, 1869, in-12, pap. vergé, br.

Tiré à petit nombre.

511. Les Fredaines du diable, ou recueil de morceaux épars pour servir à l'histoire du diable et de ses suppôts, par Sandras, publ. par Née de La Rochelle. *Paris*, 1797, in-12, br.

512. Le Ventriloque, ou l'Engastrimythe, par de La Chapelle. *Londres*, 1772, 2 parties en 1 vol. in-12, dem.-rel. (*Rare.*)

513. Mon Bonnet de nuit, par Mercier de Compiègne. *Neufchâtel*, 1784, 4 vol. in-8, bas.

514. L'Inoculation du bon sens, par J. Sorret. *Londres*, 1761, in-12, texte encadré, broché. — Le Triomphe des ânes

sur le sens commun. *Onopolis, de l'imprim. de Martin-Bâton, s. d.*, in-8, br., rog. (*Facéties rares.*)

515. Dictionnaire comique, satyrique, critique, burlesque, libre et proverbial, par Leroux. *A Pampelune*, 1786, 2 vol. in-8, bas.

516. Mémoires de mademoiselle Bontemps ou de la comtesse de Marlou, rédigés par Gueulette. *La Haye*, 1749, 3 part. en 1 vol. pet. in-12, frontisp. et titres gr., v. (*Mouill. et raccommod.*) — Les Princesses malabares, ou le Célibat philosophique, par P. de Longue. *Andrinople*, 1734, in-12, cart., n. rog.

517. De l'Abus des nuditez de gorge, par l'abbé Boileau. *Bruxelles, Foppens*, 1675, in-12, pap. de Hollande, dos et coins de mar. bl., tr. supér. dor., n. rogné.

Réimpression faite par Duquesne à Gand, en 1857, tirée à deux cents exemplaires.

518. Eloge du sein des femmes, par Mercier de Compiègne. *Paris*, 1873, in-12, pap. vergé, vignettes, dem.-maroq. bl., avec coins, tr. supér. dor., n. rog.

Bel exemplaire de cet ouvrage tiré à petit nombre.

519. L'Art de peter, essai théori-physique et méthodique, suivi de l'Histoire de Pet-en-l'Air et de la reine des Amazones. Nouvelle édition, augmentée de la Société des francs-péteurs. *En Wesphalie, chez Florent-Q*, 1776, in-8, fig. à l'eau-forte, br.

520. La Chézénomie, ou l'Art de ch..., poëme didactique en quatre chants, par M. Ch. Reimard. *A Scoropolis*, 1806, in-12, papier vélin, dem.-maroquin orange avec coins, tr. sup. dor., n. rog.

Edition originale devenue rare.

521. Anthologie scatologique, recueillie et annotée par un bibliophile de cabinet. *Paris, près de Charenton, chez le libraire qui n'est pas triste. Imprimé l'an du carnaval de* 1000 800 62, in-8, pap. vergé, br., n. rog. (*Très-rare.*)

POLYGRAPHES

522. Œuvres complètes de P.-J. Béranger. Edition illustrée par Grandville et Raffet. *Paris, Fournier*, 1837, 3 vol. in-8, nombr. fig., dem.-v. fauve.

523. Œuvres diverses de J.-J. Barthélemy. *Paris*, 1823, 3 tom. en 1 vol. in-8, planches et médailles, dem.-v.

524. Œuvres du seigneur de Brantôme. *La Haye*, 1740, 15 vol. in-12, frontisp., v. f.

Bel exemplaire.

525. Pamphlets anciens et nouveaux, par Cormenin. *Paris*, 1870, gr. in-8, dem.-chagr. rou., av. coins, tr. supér. dor., n. rog.

526. Collection complète des pamphlets politiques et opuscules littéraires de Paul-Louis Courier. *Bruxelles*, 1826, in-8, port., br. (*Rare.*)

527. Œuvres de Crébillon. *Londres* (*Cazin*), 1785, 3 vol. in-16, *brochés*, *non coupés*.

Très-rare dans cette condition.

528. Œuvres inédites de Diderot. — Le Neveu de Rameau. — Voyage en Hollande. *Paris*, *Brière*, 1821, in-8, br. (*Légères piqûres d'humidité.*)

Volume complémentaire des Œuvres de Diderot, devenu très-rare.

529. Œuvres de madame Dufrenoy. *Paris*, 1827, 2 tomes en 1 vol. in-12, port., titre gr. et figures de Desenne, dem.-rel. toile bl.

530. Œuvres diverses de Fénelon. *Paris*, *Lefèvre*, *s. d.*, in-8, pap. vélin, br.

531. Œuvres complètes de La Fontaine, pub. par Auger. *Paris*, 1826, in-8, portr., vign., dem.-v. f.

532. Correspondance de Lamartine, publ. par madame de Lamartine. *Paris*, *Furne*, 1873, 2 vol. in-8, dem.-maroq. rou., avec coins, tr. supér. dor., n. rog.

Bel exemplaire.

533. Œuvres de Ponce-Denis Le Brun, mises en ordre et publiées par Ginguené. *Paris*, *Crapelet*, 1811, 4 vol. in-8, v. porph., fil., tr. jasp.

534. Proverbes dramatiques, par Th. Leclercq. *Paris*, 1823, 5 vol. gr. in-8, dem.-v. f.

Bel exemplaire.

535. Œuvres complètes d'Alfred de Musset, avec lettres inédites, notice biographique, etc. Edition ornée de 28 dessins de Bida et d'un portrait d'Alfred de Musset, gravé par

Henriquel Dupont. *Paris, Charpentier*, 1866, 10 vol. in-8, port., fig., dem.-chagr. Laval., av. coins.

Exemplaire en grand papier de Hollande, figures sur chine avant la lettre.

536. OEuvres diverses d'Alfred de Musset. *Paris, Charpentier*, 1865-67, 9 vol. in-12, dem.-v. f.

Contes, 1 vol. — Comédies et Proverbes, 2 vol. — Nouvelles, 1 vol. — Littérature et critique, 1 vol. — Premières poésies, 1 vol. — Poésies nouvelles, 1 vol. — Confession d'un enfant du siècle, 1 vol. — Œuvres posthumes. 1 vol.

537. OEuvres choisies de Parny. *Paris*, 1826, in-8, portr., dem.-maroq., av. coins, tr. supér. dor., n. rog.

Bel exemplaire.

538. Les OEuvres de M. François Rabelais, contenant les faits et dits héroïques de Gargantua. *Lyon, Jean Martin*, 1608, in-12, parch. (*Piqûres de vers.*)

539. OEuvres de Fr. Rabelais, publiées sous le titre de Faits et Dits du géant Gargantua et de son fils Pantagruel, par La Monnoye et Le Duchat. *Amsterdam, Bordésius*, 1711, 6 tomes en 5 vol. pet. in-8, figures, portr., v. gr. (*Piqûres de vers.*)

540. Les OEuvres de François Rabelais. *Genève* (*Cazin*), 1872, 3 vol. in-16, beau portr. gravé par de Launay, v. f., fil., tr. dor.

Rare. Bel exemplaire.

541. Les OEuvres de François Rabelais. *Genève* (*Cazin*), 1782, 4 vol. in-16, portr., v. (*La reliure n'est pas uniforme.*)

542. OEuvres de Rabelais, texte collationné sur les éditions originales, avec une vie de l'auteur, des notes et un glossaire. Illustrations de Gustave Doré. *Paris*, 1873, 2 vol. pet. in-fol. en 38 livr., en cartons.

543. OEuvres de Rabelais, texte collationné sur les éditions originales, avec une vie de l'auteur, des notes et un glossaire. Illustrations de Gustave Doré. *Paris, Garnier*, 1873, 2 vol. in-folio, portr. et fig., cart., ornements dorés sur les plats, ébarbés.

Exemplaire neuf.

544. Les OEuvres de M. Régnier, contenant ses satyres. *Amsterdam, Est. Roger*, 1710, frontisp. gr. — Recueil de poésies diverses, par le P. du Cerceau. *Amsterdam, P. Humbert*, 1710, frontisp. gr. — Ensemb. 2 ouvr. en 1 vol. in-12, v. f.

Éditions rares. Exemplaire de Louis-Robert-Hippolyte de Bréhan de Plélo, né à Rennes, en 1699.

545. OEuvres complettes de Vadé, avec les airs notés à la fin de chaque volume. *Genève (Cazin)*, 1777, 4 vol. in-16, portr. remonté, brochés.

Rare dans cette condition.

546. Théâtre de Voltaire. *Londres (Cazin)*, 1782, 8 vol. in-16, *brochés*.

Rare dans cette condition.

547. OEuvres complètes de Voltaire (avec des avertissements et des notes par Condorcet). *De l'imprim. de la Société typographique (à Kehl)*, 1785-89, 70 vol. in-8, portraits et suite de figures de Deveria, Chasselat et Adam, dem.-v. m. av. coins. (*Le 11e volume manque.*)

548. OEuvres de lord Byron, traduction d'Am. Pichot. *Paris, Furne*, 1836, 6 vol. in-8, portr., dem.-v. f.

549. OEuvres complètes de lord Byron, traduction par A. Pichot. *Paris*, 1838, gr. in-8, texte à 2 col., portraits, figures, dem.-chagr. vert.

550. OEuvres de Walter Scott, traduction Defauconpret. *Paris, Furne*, 1862 à 1872, 30 vol. in-8, figures de Raffet, dem.-chagr. Lavall.

551. OEuvres complètes de Shakespeare, traduites par Emile Montégut et richement illustrées de gravures sur bois. *Paris, Hachette*, 1867-70, 3 vol. gr. in-8, chagr. v., tr. dor.

552. Pièces intéressantes et peu connues pour servir à l'histoire et à la littérature, par de La Place. *Bruxelles*, 1785, 8 vol. in-12, bas. m.

553. Bibliothèque de poche. *Paris, Delahays*, 1857-59, 10 vol. in-12, dem.-chagr. et brochés.

554. Collection des physiologies, pub. par Aubert, Desloges, Lavigne, etc. Illustrations par Gavarni, Daumier, H. Monnier, N. Emy, Janet-Lange. *Paris, s. d.*, 9 vol. pet. in-18, brochés. (*Rares.*)

Physiologie de l'Homme à bonnes fortunes, — du Théâtre, — de la Lorette, — du Carnaval, — du Débardeur, — du Troupier, — de l'Homme de loi, — de l'Electeur.

555. Revue des Deux-Mondes. Années 1873 à août 1876, en livraisons. (*Manque la 2e livr. de mai 1876.*)

---

556. Collection des auteurs latins, avec la traduction en français, publ. sous la direction de M. D. Nisard. *Paris, Dubochet et Ce*, 1838 à 1855, 27 vol. gr in-8, dem.-chagr. Lavall.

Bel exemplaire.

557. Classiques français, avec les notes de tous les commentateurs. *Imprimé par Jules Didot, pour Lefèvre, libraire à Paris*, 73 vol. in-8, pap. vélin, dem.-maroq. bl. avec coins, tr. supér. dor., n. rog.

Collection bien complète. Bel exemplaire lavé et encollé.

Histoire de France.

GÉNÉRALITÉS

558. Discours sur l'histoire universelle, par J.-B. Bossuet. *Paris, Séb. Mabre-Cramoisy*, 1681, in-4. (*Notes manuscrites sur les marges.*)

Edition originale.

559. Le Monde avant la création de l'homme, ou le Berceau de l'univers, par Zimmermann, trad. de l'allem. par L. Strens. *Paris, s. d.*, gr. in-8 illustré, dem.-bas. f.

560. Traditions tératologiques, ou Récits de l'antiquité et du moyen âge, par Berger de Xivrey. *Paris, Imp. roy.*, 1836, in-8, br.

561. Les Fastes universels, ou Tableaux historiques, chronologiques et géographiques, contenant l'origine, progrès et décadence des peuples, l'histoire des religions, celle de la philosophie et de la législation, etc., par Buret de Longchamps. *Paris*, 1821, gros in-folio oblong.

Savant ouvrage devenu rare.

562. La Sainte Chronique du monde, par Jacques Auzoles Lapeyre. *Paris*, 1632, in-fol., v. br.

Ex libris gravé du couvent des Augustins de Lyon.

563. Le Livre de Marco Polo, citoyen de Venise, pub. par G. Pauthier. *Paris, Didot*, 1865, 2 vol. gr. in-8, carte, br.

564. Les Grandes Chroniques de France, selon que elles sont conservées en l'église Saint-Denis en France, par Paulin Paris. *Paris Techener*, 1836-37, 6 vol. pet. in-8 carr., fig., broch.

565. Dissertation historique et critique pour servir à l'histoire des premiers temps de la monarchie françoise (par Damiens de Gomicourt). *Colmar*, 1768. — Recueil de pièces intéressantes pour servir à l'histoire de France, par l'abbé de Longuerue. *Genève*, 1769, in-12, v. m.

566. Recueil de diverses pièces curieuses pour servir à l'histoire. (*La Sphère.*) *A Cologne*, *Jean du Castel*, 1664, pet.in-12 de 297 p., dem.-chagr. rou.

567. Mémoires historiques, et Anecdotes sur les reines et les régentes de France, par Dreux du Radier. *Paris*, *Renouard*, 1827, 6 vol. in-8, cart.

Ouvrage orné d'un grand nombre de figures au trait et de quelques fac-similes.

568. Les Recherches des recherches et autres Œuvres, par Ch. Estienne Pasquier. *Paris*, 1622, gros in-8, parch.

569. Les Recherches de la France, d'Estienne Pasquier. *Paris*, *Guignard*, 1665, in-folio, portr., v. br. *(Rel. fatiguée.)*

570. Œuvres d'Estienne Pasquier, contenant ses Recherches de la France. *Amsterdam*, 1723, 2 vol. in-fol., v. m.

571. Les Monuments de l'histoire de France. Catalogue des productions de la sculpture, de la peinture et de la gravure, par Hennin. *Paris*, 1856-63, 10 vol. in-8, dem.-chag. rou., tr. supér. dor., n. rog.

Bel exemplaire d'un ouvrage tiré à petit nombre et complétement épuisé.

572. De la Maison de France, par Peignot. *Paris*, *Renouard*, 1815, in-8, front. et pl., bas.

573. Recueil des roys de France, leurs couronne et maison, ensemble le rang des grands de France, par Jean du Tillet. *Paris*, 1618, in-4, figures sur bois, v. m.

574. Abrégé chronologique des grands fiefs de la couronne de France, par Brunet. *Paris*, 1759, pet. in-8, v. m., fil. (*Lég. piqûre de ver au bas de la marge.*)

575. Le Livre des princes, contenant plusieurs notables discours pour l'instruction des roys, empereurs et monarques, par P. de Lancre, conseiller du roi en la Cour du Parlement de Bordeaux. *Paris*, *Nic. Buon*, 1617, in-4, vél.

576. Histoire des Gaulois depuis les temps les plus reculés jusqu'à l'entière soumission de la Gaule à la domination romaine, par Amédée Thierry. *Paris*, *Didier*, 1868, 2 vol. in-12, dem.-chagr. bl.

577. Considérations sur l'esprit militaire des Gaulois, par M. *** (de Sigrais). *Paris*, 1774, in-12, v. m. (*Envoi d'auteur.*)

578. Notice de l'ancienne Gaule, tirée des monuments romains, par d'Anville. *Paris*, 1760, in-4, dem.-rel.

579. Les Forêts de la Gaule et de l'ancienne France, par Alfred Maury. *Paris*, 1867, in-8, br.

580. L'Esprit de la Gaule, par J. Reynaud. *Paris*, 1864, in-8, dem.-chagr. br.

581. L'Esprit de l'histoire, ou Lettres politiques et morales d'un père à son fils, par Antoine Ferrand. *Paris*, 1803, 4 vol. in-8, v. rac.

582. Histoire de France, depuis l'établissement de la monarchie française dans les Gaules, par le P. Daniel. *Paris*, 1755-56, 17 vol. in-4, v.

583. Nouvel Abrégé chronologique de l'histoire de France, par Hénault. *Paris*, 1775, 3 vol. in-12, v. jasp., fil.—Abrégé chronologique des grands fiefs de la couronne de France. *Paris*, 1759, in-12, v. m., fil. (Supplément à l'ouvrage précédent.)

584. Histoire des Français des divers états aux cinq derniers siècles, par A. Monteil. *Paris*, 1828-44, 10 vol. in-8, port., d.-chag. v.
Bel exemplaire.

585. Traité des matériaux manuscrits de divers genres d'histoire, par Alexis Monteil. *Paris*, 1836, 2 vol. in-8, br.

586. Histoire de la vie privée des Français, par Legrand d'Aussy. *Paris*, 1782, 3 vol. in-8, v. m. (*Le tome 2 n'est pas uniforme de reliure.*)

587. Histoire de France depuis les temps les plus reculés jusqu'en 1789, par Henri Martin. *Paris, Furne*, 1865, 17 vol. in-8, portraits, dem.-chagr. rouge.
Bel exemp aire.

588. Essai sur l'esprit politique et l'esprit de parti dans les Assemblées françaises, 1302-1852, par R. Lançon. *Paris*, 1866, 2. vol. in-8, dem.-v. fauve.
Bel exemplaire.

589. Atlas historique et universel de géographie, ancienne, du moyen âge et moderne, par Dufour et Duvotenay, avec un texte géographique et historique. *Paris, Aubrée*, 1840, pet. in-fol., cartes color., dem.-rel.

590. Atlas universel, pour servir à l'étude de la géographie et de l'histoire ancienne et moderne, dressé par L. Vivien. *Paris, Desenne*, 1834, in-fol., cartes color., dem.-rel.

591. Atlas physique, politique et historique de la France, par A. Denaix, dessiné et gravé par Richard Wahl. *Paris*, 1855, in-folio, cartes col., cart.

592. Dictionnaire universel de la France, par Robert de Hesseln. *Paris*, 1771, 6 vol. pet. in-8, v. m., fil.

593. Dictionnaire historique de la France, par Ludovic Lalanne. *Paris*, 1872, gros in-8, dem.-chagr., plats toile.

594. Histoire des races maudites de la France et de l'Espagne, par Francisque Michel. *Paris, Franck*, 1847, 2 vol. in-8, cart. toile, ébarbés. (*Mouillures.*)

595. Tableau de la dégénération de la France, des moyens de sa grandeur, par Madrolle. *Paris, s. d.*, in-8, dem.-chagr. br., avec coins.

596. Histoire des Sociétés secrètes de l'armée et des conspirations militaires qui ont eu pour objet la destruction du gouvernement de Bonaparte, par Ch. Nodier. *Paris*, 1815, in-8, dem.-bas. v.

597. Société de l'histoire de France. *Paris, Renouard*, 1845-74, 15 vol. in-8, br. (1)

1° Richer. Histoire de son temps, 2 vol. — 2° Chroniques des comtes d'Anjou, 1 vol. — 3° Commentaires de Blaise de Montluc, 5 vol. — 4° Nouveau Recueil de comptes de l'argenterie des rois de France, 1 vol. — 5° Mémoires de Mme de Mornay, 2 vol. — 6° Chroniques de Saint-Martial de Limoges, 2 vol. — 7° Chronique d'Ernoul, 1 vol. — 8° Les Annales de Saint-Bertin, 1 vol. — 9° Histoire de Béarn et Navarre, 1 vol.

598. Société de l'histoire de France. *Paris, Renouard*, in-8.

1° Chronique de Mathieu d'Escouchy, 3 vol., br. — 2° Registre de l'hôtel de ville de Paris pendant la Fronde, 3 vol., br. — 3° Orderici Vitalis Historiæ ecclesiasticæ, 3 vol., dem.-rel. — 4° Mémoires du comte de Coligny-Saligny et Mémoires du marquis de Villette, 1 vol., br. — 5° Chronique d'Ernoul et de Bernard le Trésorier, 1 vol., br. — 6° Les Miracles de saint Benoît, 1 vol., br. — 7° Les Annales de Saint-Bertin et de Saint-Vaast, 1 vol., br. — 8° Nouveau Recueil de comptes de l'argenterie des rois de France, 1 vol., br. — 9° La Chronique du bon duc Loys de Bourbon, publiée par A. N. Chazaud. *Paris, Renouard*, 1876, gr. in-8, br.

599. Documents inédits sur l'histoire de France. *Paris, Imp. nat.*, 1870-72, in-4, cart., n. rog.

1° Recueil des monuments inédits de l'histoire du tiers-état, publ. par Aug. Thierry, tomes 3 et 4. — 2° Négociations diplomatiques de la France avec la Toscane, publiées par A. Desjardins, tome 4. — 3° Recueil des Lettres missives de Henri IV, publié par MM. Berger de Xivrey et J. Guadet. *Paris, Imp. imp. et nat.*, 1868-76, 3 vol. in-4, cart., tomes 7, 8 et 9. (Les tomes 8 et 9, supplément au Recueil primitif des lettres missives de Henri IV, complètent cette collection, non-seulement par les lettres importantes qu'ils contiennent, mais par la table générale analytique qui embrasse les neuf volumes.)

(1) Les n°s 597, 598 et 599 pourront être divisés.

600. Collection des Mémoires relatifs à la Révolution française, avec des notices sur leurs auteurs et des éclaircissements par MM. Berville et Barrière. *Paris*, *Beaudouin*, 1820-26, 59 vol. in-8, portr., cartes, dem.-rel.

Dans cette collection sont compris : les Mémoires du duc de Gaëte, 2 vol. — Mémoires de Guillon de Montléon, 3 vol. — Mémoires du marquis de Ferrières, 3 vol. — Papiers trouvés chez Robespierre, 3 vol. — Guerre des Vendéens et des Chouans, 6 vol. — Etc.

DES PREMIERS TEMPS DE LA MONARCHIE A LOUIS XIV

601. Histoire de saint Louis, par Joinville, édition publiée avec un glossaire, par Capperonnier. *Paris, Imp. roy.*, 1761, in-fol., v. rac., dent.

Bel exemplaire du marquis de Corbières.

602. Lettres de rois, reines et autres personnages des cours de France et d'Angleterre, depuis Louis VII jusqu'à Henri IV, tirées des archives de Londres et publiées par Bréquigny. *Impr. roy.*, 1839, 2 vol. in-4, v. rac.

603. Histoire des ministres d'Estat qui ont servi sous les roys de France de la troisiesme lignée, par Autevil. *Paris*, 1642, in-fol., v. gr.

604. Recherches sur le lieu de la bataille d'Attila en 451, par Peigné-Delacourt. *Paris, Claye*, 1860-1866, in-4, cart., avec le supplément, br. (*Epuisé.*)

Très-jolies planches en chromolithographie.

605. Journal des Etats-Généraux de France, tenus à Tours en 1484, sous le règne de Charles VIII, rédigé en latin par Jehan Masselin, pub. et traduit par A. Bernier. *Paris*, *imprim. roy.*, 1835, in-4, v. fauve, fil.

Très-bel exemplaire.

606. Vie du cardinal d'Amboise, premier ministre de Louis XII, par Legendre. *Rouen*, 1724, in-4, portraits et fig., v. m., fil.

Bel exemplaire.

607. Grande Chronique de Mathieu Paris, trad. en francais par Huillard-Bréholles. *Paris*, 1840-41, 9 vol. in-8, cart. à la Bradel, non rogné.

608. Chroniques de Jean d'Auton, publiées pour la première fois en entier, d'après les manuscrits de la Bibliothèque du

roi, avec une notice et des notes par Paul L. Jacob, bibliophile. *Paris, Silvestre*, 1834, 4 vol. in-8, dem.-chagr. bl., n. rog.

Bel exemplaire.

609. Marguerite d'Angoulême (sœur de François Ier), son livre de dépenses (1540 à 1549), études sur ses dernières années, par le comte H. de La Ferrière. *Paris, Aubry*, 1862, in-12, pap. v., portr., demi-maroq. r., dos orné, tr. supér. dor., n. rog. *(Epuisé.)*

610. Charles-Quint, chronique de sa vie intérieure et de sa vie politique, de son abdication et de sa retraite dans le cloître de Yuste, par Am. Pichot. *Paris*, 1854, in-8, dos et coins mar. bleu, tr. jaspées.

611. Recueil de diverses pièces servant à l'histoire de Henri III. *Cologne, P. Marteau*, 1699, in-12, v. br.

Tome I, contenant : Journal du règne de Henri III ; le Divorce ; le Grand Alcandre ; Apologie pour Henri IV ; Discours merveilleux de la vie, actions et déportements de la reyne Catherine de Médicis.

612. Mémoires de M. *** (le duc de Larochefoucauld), sur les brigues à la mort de Louis XIII, les guerres de Paris et de Guyenne et la prison des princes. *(A la Sphère), Cologne, Van Dyck*, 1677, pet. in-12, v.

613. Abrégé chronologique de l'histoire de France sous les règnes de Louis XIII et de Louis XIV, par de Limiers, augmenté de la Vie de Mezeray, par de La Roque. *Amst., Mortier*, 1728, 3 vol. in-12, v. fauve.

Bel exemplaire.

614. Debtes et Créanciers de la royne-mère Catherine de Médicis, 1589-1606, par l'abbé C. Chevalier. *Paris, Techener*, 1862, in-8, demi-maroq. rouge, tr. sup. marbr.

Bel exemplaire.

615. Histoire des derniers troubles de France, soubs les règnes des roys très-chrétiens Henry III, Henry IV et Louis XIII son fils, divisée en plusieurs livres contenant ce qui s'est passé durant les derniers troubles jusqu'à présent. *S. l., imprimé l'an de grâce* 1513, in-8, v. m. *(Rogné à la lettre.)*

616. Mémoires de Jacques de Saulx, comte de Tavannes, suivis de l'Histoire de Guyenne, par Balthazar. *Paris, Jannet*, 1858, in-12, pap. vergé, cart. en perc., n. r.

617. Mémoires du sieur de Pontis. *Paris*, 1766, 2 vol. in-12, v. m.

618. Mémoires et Correspondance de Duplessis-Mornay, pour servir à l'histoire de la Réformation et des guerres civiles et religieuses en France, sous les règnes de Charles IX, de Henri III, de Henri IV et de Louis XIII. *Paris, Treuttel et Würtz*, 1824-25, 12 vol. in-8, pap. vél., cart. à la Bradel.

619. Satyre Ménippée de la vertu du catholicon d'Espagne et de la tenue des Estats de Paris (par P. Le Roy, Gillot, Passerat, Rapin, Florent-Chrétien et P. Pithou). *Ratisbone, Mathias Kerner*, 1726, 3 vol. in-8, portr. et figures, v. m. *(Légères mouill.)*

Exemplaire bien complet; les figures représentant la procession de la Ligue et la chevauchée de l'âne, à Lyon, s'y trouvent.

620. Catholicon françois, ou Plaintes de deux chasteaux, rapportées par Renaudot, maistre du bureau d'adresse. *S. l. n. d.*, in-4, 108 p., dem.-v. f. *(Rare.)*

621. Correspondance de Henri d'Escoubleau de Sourdis, augmentée des ordres, instructions et lettres de Louis XIII et du cardinal de Richelieu à M. de Sourdis, par Eugène Sue. *Paris, Crapelet*, 1839, 3 vol. in-4, bas. rac.

622. Response de dom Bernard, doyen de l'Oratoire de Saint-Bernard, des Feuillantins-lez-Paris, à une lettre à luy écrite et envoyée par Henri de Valois. *Paris, Nicolas Nivelle*, 1589, in-8 de 52 p., demi-maroq. vert.

Très-rare.

623. La Déclaration de N. S. P. le Pape Sixte V contre Henry de Bourbon, soy-disant roy de Navarre. *A Troyes, par Jean Moreau, imprimeur*, 1589, in-8, vign. sur le titre, mar. rou. anc., dent. int., tr. dor.

Très-rare. Bel exemplaire.

624. P. Sixti. Fulmen brutum in Henricum sereniss. regem Navarræ, et illustriss. Henricum Borbonium. Principem olim Condæum, evibratum. *S. l.*, 1604, pet. in-8, dem.-mar. n., tr. rou.

625. De mirabili strumas sanandi vi, solis Galliæ regibus Christianissimis divinitus concessa liber unus. *Parisiis, Orry*, 1609, pet. in-8, fort beau tit. gr., pl., v. (*Raccomm.*)

Curieux ouvrage, devenu rare. Il est orné d'une grande estampe, gravée par Fireus, représentant Henri IV touchant les écrouelles.

626. Relation véritable envoyée au sérénissime roy de la Grande-Bretagne de plusieurs divers jugements faits en France, par Fr. de Kermadec. *Caen*, 1615, in-4, parch.

Sur le sujet de la déclaration de Sa Majesté pour le droit des rois et l'indépendance de leurs couronnes.

627. Mémoires du duc de Sully. *Paris*, 1827, 6 vol. in-8, fig., dem.-rel.

628. Lettres du cardinal d'Ossat, évesque de Bayeux, au roy Henry le Grand et à M. de Villeroy, depuis l'année 1594 jusqu'à l'année 1604. *Paris*, 1624, in-4, vél. bl.

629. Histoire des princes de Condé pendant les XVIe et XVIIe siècles, par le duc d'Aumale. *Paris*, 1863, 2 vol. in-8, beaux port. (2), br.

DE LOUIS XIV A LA FIN DU XVIIIe SIÈCLE

630. Louis XIV, sa Cour et le Régent, par Anquetil. *Paris*, 1789, 4 vol. in-12, v. m.

631. Eclaircissements sur les causes de la révocation de l'Edit de Nantes et sur l'état des protestants en France depuis Louis XIV. *Paris*, 1788, 2 vol. in-8, dem.-v. v.

632. L'Esprit de la Fronde, ou Histoire des troubles de France pendant la minorité de Louis XIV. *Paris*, 1772, 5 vol. in-12, v. f.

633. Lettres en vers sur les mariages de Mlle de Rohan avec M. de Chabot, de Mlle de Rambouillet avec M. de Montausier, et de Mlle de Brissac avec Sabatier, 1645. *Paris, Aubry*, 1862, in-8, pap. de Holl., br.

Tiré à petit nombre.

634. Histoire du traité de la paix conclue sur la frontière d'Espagne et de France entre les deux couronnes en l'an 1659, aussi un recueil de diverses matières concernantes le S^r duc de Lorraine. *Cologne, P. de La Place*, 1665, pet. in-12, parch. (*Rare.*)

Motteley cite cette édition comme appartenant positivement aux presses de Foppens, à Bruxelles.

635. Bouclier d'Estat et de justice contre le dessein manifestement découvert de la monarchie universelle, sous le vain prétexte des prétentions de la reyne de France. *S. l.*, 1667, pet. in-12, 251 p., parch.

Il existe trois éditions, sous la même date, de ce livre, dont l'auteur est le baron de Lisola, et elles appartiennent évidemment toutes les trois aux presses de Fr. Foppens, de Bruxelles. Celle-ci est la plus estimée.

636. Des Justes Prétentions du roy sur l'Empire, par le sieur Aubery. *Suiv. la copie imprimée à Paris,* 1667, pet. in-12, v.

637. Mémoires d'Henri de Lorraine, duc de Guise. *Paris,* 1681, in-12, v. br.

638. L'Empereur et l'Empire trahis, et par qui, et comment. *Cologne, P. du Marteau,* 1680, pet. in-12, v.

639. La France sans bornes, comment arrivée à ce pouvoir suprême, et par la faute de qui. (*A la Sphère.*) *Cologne, P. Marteau,* 1684, pet. in-12, dem.-v. fauve, fil., dos orné. (*Très-rare.*)

640. Nouveaux Intérêts des princes de l'Europe, revus, corrigés et augmentés par l'autheur, selon l'état où les affaires s'y trouvent aujourd'hui. 2e édition. *A Cologne, chez Pierre Marteau,* 1686, in-12 (*à la Sphère*), vélin.

Un clou a traversé les quinze derniers feuillets de la marge du bas.

641. Les Soupirs de la France esclave qui aspire après la liberté. *Amst.*, 1690, in-4, v. br. (*Rare.*)

Cet exemplaire ne renferme que les quatre premiers Mémoires sur quinze.

642. Le Bouclier de la France, ou les Sentiments de Gerson et des canonistes touchant les différens des roys de France avec les papes, par Eustache Le Noble. *A Cologne, Jean Sambix* (*à la Sphère*), 1691, pet. in-12, parch.

643. L'Héraclite françois, divisé en trois parties. *Cologne, P. Marteau,* 1692, pet. in-12, dem.-v., *n. rogné.*

644. La Chronique scandaleuse, ou Mémoires pour servir à l'histoire de la génération présente, etc. *Paris,* 1788, 5 vol. in-12, cart. (*Rare.*)

RÉVOLUTION ET TEMPS MODERNES

645. La Galerie des Etats-Généraux. — Galerie des aristocrates. — La Galerie des dames françaises. *Paris et Londres,* 1789-1790, 3 parties en 1 vol. in-8, dem.-bas. (*Rare.*)

646. Les Girondins, leur vie privée et publique, leur proscription et leur mort, par J. Guadet. *Paris,* 1861, 2 vol. in-8, br.

647. Récit des événements arrivés au Temple depuis le 13 août 1792 jusqu'à la mort du dauphin Louis XVII. *Paris*, 1823, in-8, dem.-chagr. rou.

648. Eloge historique et funèbre de Louis XVIe du nom, roi de France et de Navarre. *A Neuchâtel, de l'Imprimerie royale*, 1796, in-12, dem.-maroq. rou. avec coins, tr. sup. dor., n. rog. (*Rare.*)

649. Quatre-vingt-treize, par Victor Hugo. *Paris, Mich. Lévy*, 1874, 3 vol. in-8, br.

650. Le Portefeuille d'un talon rouge, contenant des anecdotes galantes et secrètes de la cour de France. *Paris, de l'imprimerie du comte de Paradès*, l'an 178., pet. in-8, dos et coins dem.-maroq. rou. anc., n. rog.

Très-rare. Cette piquante satire des mœurs du dernier siècle paraît être sortie d'une imprimerie clandestine.

651. Chansonnier de la République pour l'an IIIe, dédié aux amis de la Liberté. *Bordeaux*, an IIIe, in-18, jol. frontisp. et port., br. — Le Livre rouge, suivi du tableau des juges de Louis XVI. *Paris*, 1816, in-18, br.

652. Histoire du Consulat, par A. Thiers. *Paris*, 1865. — Histoire de l'Empire, par le même. *Paris, Lheureux*, 1866. — Ensemble 5 vol. gr. in-8 à 2 col., nombr. figures, br.

653. Histoire de Napoléon Ier, par P. Lanfrey. *Paris*, 1870, 4 vol. in-12, dem.-chagr. br. — Histoire intime du second Empire, par de Beaumont-Vassy. *Paris*, 1874, in-12, br.

654. Mémoires pour servir à l'histoire de la vie privée, du retour et du règne de Napoléon en 1815, par Fleury de Chaboulon. *London*, 1819, 2 vol. in-8, cart., n. rog.

655. Tableaux historiques relatifs aux événements de 1814, et 1815. *Bordeaux*, 1815, 12 grands tableaux avec portr. et encadr. coloriés, en 1 vol. gr. in-fol., cart.

656. Waterloo, étude sur la campagne de 1815, par le lieut.-colonel prince E. de La Tour d'Auvergne. *Paris, Plon*, 1870, gr. in-8, cartes, br.

657. Histoire des deux Restaurations, par de Vaulabelle. *Paris, Perrotin*, 1864, 8 vol. in-8, br.

658. Histoire de dix ans, 1830 à 1840, par Louis Blanc. *Paris*, 1849, 5 vol. — Histoire de huit ans, 1840 à 1848, par Elias Regnault. *Paris, Pagnerre*, 1860, 3 vol. — Ens. 8 vol. in-8, portr. et figures, br.

659. L'Epoque sans nom, esquisses de Paris, 1830-1833, par Bazin. *Paris*, 1833, 2 tom. en 1 vol. in-8, dem.-v. f.

660. Némésis, satire hebdomadaire, par Barthélemy. *Paris, Perrotin*, 1832, in-4, dem.-bas.

Première édition, devenue très-rare.

661. Némésis de la Restauration, par Barthélemy et Méry. *Paris, Perrotin*, 1839, portr., dem.-v. ant.

662. Histoire du Gouvernement provisoire, par Elias Régnault. *Paris*, 1850, in-8, br.

663. Histoire des crimes du deux décembre, par V. Schœlcher. *Londres*, 1852, in-8, cart. toile.

664. The Campaign in the Crimea, an historical sketch, by George Brackenburq. Illustrated by forty plates by W. Simpson. *London*, 1855, pet. in-4, fig., cart. percal. bl., ornem. sur les plats, tr. dor. (*Rel. angl.*)

665. Campagne de l'Empereur Napoléon III en Italie, 1859, rédigée au dépôt de la guerre. *Paris, Imp. imp.*, 1860-62, texte 1 vol. in-4, atlas 2 vol. in-fol. de 93 cartes et planches coloriées. — Ens. 3 vol., demi-maroq. vert. (*Bel exemplaire.*)

666. Histoire de l'expédition de Cochinchine en 1861, par Léopold Pallu. *Paris*, 1864, in-8, cartes, dem.-bas. av. coins, fil.

667. L'Année terrible, par Victor Hugo. Illustrations par L. Flameng, J.-D. Vierge. *Paris, Mich. Lévy*, 1874, gr. in-8, br.

668. La Guerre franco-allemande de 1870-71, rédigée par la section historique du grand état-major prussien, trad. par le capitaine E. Costa de Serda. *Paris, Ghio*, 1872 à 1875, 8 vol. in-8, cartes, br. (*Livr.* 1 à 8.)

669. Papiers et Correspondance de la famille impériale. *Paris, Impr. nationale*, 1870-72, 2 vol. in-8, demi-maroq. Lavall., avec coins, tr. sup. dor., n. rog.

Bel exemplaire de ce livre, devenu peu commun.

670. Le Duc de Brunswick, sa vie et ses mœurs. *Paris, Sartorius*, 1875, in-12, portr., br. — Les Odeurs de Berlin, par Leouzon Le Duc. *Paris, Sartorius*, 1875, in-12, br. — Les Nibelungen, par E. de Laveleye. *Paris, Lacroix*, 1866, in-12, br.

PARIS ET SES ENVIRONS

671. Description de Paris et de ses édifices, par Landon. Ouvrage enrichi de plus de 100 pl. et d'un plan de Paris. *Paris*, 1809, 2 vol. in-8, br.

672. Les Fontaines de Paris, anciennes et nouvelles, par A. Duval. *Paris, s. d.*, in-fol., 60 pl. grav. par Moisy, dem.-rel.

673. Paris ridicule et burlesque au dix-septième siècle, par Claude Le Petit, Berthod, Scarron, etc., etc. Nouv. édit., publ. par P.-L. Jacob. *Paris, Delahays*, 1859, in-12, demi-chag. viol., tr. sup. dor., n. rog. — Le Siége de Paris, par F. Sarcey. *Paris*, 1871, in-12, demi-chagr. rou.

674. Excellente Prédication du grand chancelier de l'Eglis de Paris, par Jean Gerson. *Rouen, David du Petit-Val*, 1622 in-8, vél.

675. Réfutation des thèses erronées d'Antoine Villon, dit le soldat philosophe, et Estienne de Claves, médecin-chimiste, par eux affichées publiquement à Paris, par J.-B. Morin. *Paris*, 1624, in-12, v. (*Armoiries.*)

676. Règlemens pour la compagnie de la Charité de la paroisse de Saint-Roch. *Paris, Delespine*, 1717, br. in-8.

677. Exposé des travaux de l'Assemblée générale des représentans de la commune de Paris, par Godart. *Paris, Lottin*, 1790, in-8, br., n. c. (*Taches et mouill.*)

678. Almanach parisien, en faveur des étrangers et des personnes curieuses. *Paris, Duchesne*, 1762, in-18, v (*Reliure fatiguée.*) — Voyage pittoresque de Paris, par d'Argenville. *Paris*, 1770, in-12, jolies figures, v. m. — Les Coulisses de l'Opéra, par N. Roqueplan. *Paris*, 1855, in-18, dem.-v. r.

679. Apologie de la Bastille, pour servir de réponse aux Mémoires de M. Linguet sur la Bastille. *Philadelphie*, 1784. — Mémoires sur la Bastille et la détention de l'auteur dans ce château royal, par Linguet. *Londres*, 1783. 2 ouvrages en 1 vol. in-8, v. br.

680. Histoire du château et du donjon de Vincennes, depuis leur origine jusqu'à l'époque de la Révolution. *Paris*, 1807, 3 tomes en 1 vol. in-8, fig., dem.-rel.

681. Paris et Versailles il y a cent ans, par Jules Janin. *Paris*, 1874, gr. in-8, portr., dem.-chagr., tr. supér. dor., n. r.

682. Lettres à Jennie, sur Montmorency, l'Hermitage, Andilly, Saint-Leu, Chantilly, Ermenonville et les environs, par Le Normand. *Paris, Béchet*, 1818, in-12, fig., br., n. c. (*Rare.*)

683. Atlas topographique des environs de Versailles, Paris, Rambouillet, réduit et gravé à 3 lignes pour 100 toises, par ordre et d'après les corrections et observations du Roi, faites en chassant et données journellement, tant par écrit que figurées de la propre main de S. M. au sieur Berthier, ingénieur-géographe en chef, etc. In-folio, cartes, bas. v., fil. (*Titre et plan manuscrits très-bien exécutés.*)

684. Les Environs de Paris, par Ch. Nodier et Louis Lurine. illustrés de 200 dessins. *Paris, Boizard, s. d.*, in-8, dem.-chagr. rou., tr. dor.
Exemplaire beau d'épreuves.

PROVINCES

685. Histoire des comtes de Flandre jusqu'à l'avénement de la maison de Bourgogne, par Edward Le Glay. *Paris*, 1843, 2 vol. in-8, br.

686. Inventaire des sceaux de la Flandre, recueillis dans les dépôts d'archives, musées, du département du Nord, par Demay. *Paris, Imprim. nat.*, 1873, 2 vol. in-4, pl., dem.-chagr. rou., tr. supér. dor., n. rog.

687. Le vieil Amiens, par Duthoit. *Amiens*, 1874, in-4, planches à l'eau-forte sur chine (270), dem.-chagr. rou., tr. supér. dor., n. rog.

688. L'Abbaye et les Abbés de Clairmarais, par H. de Laplane. *Saint-Omer*, 1864-68, 2 vol. in-8, pl., br.

689. La Normandie, par Jules Janin. *Paris, E. Bourdin*, 1862, gr. in-8, illustr. par Gigoux, Daubigny et Bellangé, dem.-chagr. rou., tr. dor.

690. Histoire du duché de Normandie, par J.-J.-C. Goube. *Rouen*, 1815, 3 vol. in-8, fig. et cartes, bas. m.

691. Histoire de la Normandie sous le règne de Guillaume le Conquérant et de ses successeurs, par Depping. *Rouen*, 1835, 2 vol. in-8, v. gris.
Bel exemplaire.

692. Histoire de la ville de Rouen, suivie d'un essai sur la Normandie littéraire, par S*** (Servin). *Rouen, Le Boucher*, 1775, 2 vol. in-12, v. m.

693. Les Origines de la ville de Caen et des lieux circonvoisins, par Huet, évêque d'Avranches. *Rouen*, 1702, 1 fort vol. in-8, v. gr.

694. Histoire de Flers, ses seigneurs, son industrie, par le comte H. de La Ferrière. *Paris, Dumoulin*, 1855, in-8, fig. et blasons, dem.-maroq. rouge, dos orné, tr. supér. marb.

Bel exemplaire.

695. Le Même, en grand papier, dem.-maroq. rou., tr. supér. marbr.

696. Histoire de la commune de Sainte-Honorine-la-Chardonne, par le comte H. de La Ferrière-Percy. *Caen*, 1857, in-4, 26 p., br.

697. La Normandie à l'étranger, documents inédits relatifs à l'histoire de Normandie, par le comte H. de La Ferrière. *Paris, Aubry*, 1873, in-8, papier de Hollande, dem.-mar. rou., tr. sup. dor., dos orné.

Bel exemplaire de cet ouvrage, qui est presque épuisé.

698. La Ligue en Normandie, 1588-1594, par le vicomte Robert d'Estaintot. *Paris, Aubry*, 1862, in-8, demi-ch. br.

699. Journal de la comtesse de Sanzay, intérieur d'un château normand au xvie siècle, par le comte H. de La Ferrière-Percy. *Paris, Aubry*, 1859, in-8, dem.-rel.

Un des six exemplaires en papier chamois, provenant de la vente d'Asselineau.

700. Recherches historiques sur la ville et le diocèse de Seez, par Morey d'Orville. *Caen*, 1828, in-8, fig., br. — Notice historique sur l'ancien évêché-comté de Lisieux, par H. de Formeville. *Caen*, 1874, in-4, 38 p., br.

701. La Vie, exercices, mort et miracles du bienheureux saint Pierre de Luxembourg, évesque de Metz et patron titulaire de la ville d'Avignon, mise en lumière par F. Martin de Bovrey, religieux célestin de Rouen. *Paris, R. Foüet*, 1623, in-12, frontisp. gravé, vélin.

702. Histoire de Marguerite de Lorraine, duchesse d'Alençon, bisaïeule de Henri IV, par l'abbé Laurent. *Argentan*, 1854, in-8, br. (*Epuisé.*)

703. La Bretagne, par Jules Janin. *Paris*, 1862, gr. in-8,

illustré par Bellangé, Gigoux et Raffet, dem.-chagr. rou., plats toile, tr. dor.

704. Mémoires du ministère du duc d'Aiguillon et de son commandement en Bretagne. *Paris*, 1792, in-8, broché.

705. Histoire des ducs de Bourgogne de la maison de Valois, 1364-1477, par de Barante. *Paris, Garnier et Lenormant*, 1854, 12 vol. in-8, fig. et cartes, v. bl., fil., dent intér., tr. dor., dos orné.

Très-bel exemplaire.

706. Description du gouvernement de Bourgogne, par le sieur Garreau. *Dijon*, 1734, in-8, bas. m.

707. Nobiliaire de Bourgogne et de Bresse, par Chevillard. *Paris*, 1726, 7 feuilles in-fol., nombr. blasons.

Bel exemplaire. Les deux premières feuilles sont d'un tirage plus moderne.

708. Bibliothèque du Dauphiné, contenant l'histoire des habitants de cette province qui se sont distingués par leur génie, leurs talents et leurs connaissances, par Guy Allard. *Grenoble*, 1797, in-8, cart. (*Rare.*)

709. Histoire de Grenoble et de ses environs, depuis sa fondation sous le nom de Cularo, jusqu'à nos jours, par A. Pilot. *Grenoble, Baratier*, 1829, in-8, dem.-rel.

710. Mélanges biographiques et bibliographiques relatifs à l'histoire littéraire du Dauphiné, par Colomb de Batineo et Olivier. *Valence*, 1837, in-8, dem.-chagr. v., dos orné.

Tome Ier, seul publié.

711. Les Alpes, par A. de Haller. *Berne, Société typographique*, 1795, in-4, vignettes et culs-de-lampe, par Duncker, cart.

712. Harangues prononcées à Leurs Majestés et à toute la cour, dans la ville de Bordeaux, sur le sujet de la paix et du mariage, par M. Guérin. *Paris, Pierre Bienfait*, 1661, in-12, cart.

713. Voyage à Bordeaux et dans les Landes, où sont décrits les mœurs et costumes du pays. *Paris*, an VI, in-8, fig. (5), br. (*Manque une figure.*)

714. Histoire politique et statistique de l'Aquitaine, par de Verneilh-Puiraseau. *Paris*, 1822-27, 3 vol. in-8, dem.-bas. v.

715. Voyage aux Pyrénées, par H. Taine. *Paris, Hachette*, 1872, in-12. — Origines des Basques de France et d'Espagne, par Garat. *Paris, Hachette*, 1869, in-12. — Lettres labour-

dines, ou Lettres sur la partie du pays Basque appelée le Labourd, par H.-L. Fabre. *Bayonne*, 1869, in-12. — Ensemble 3 vol., dem.-chagr. Lavall.

Pays étrangers.

ANGLETERRE

716. Histoire de la conquête de l'Angleterre par les Normands, par Aug. Thierry. *Paris*, 1866, 2 vol. gr. in-8, br.

717. Histoire d'Olivier Cromwell, par J.-M. Dargaud. *Paris*, 1867, in-8, br.

718. Histoire de la littérature anglaise, par Taine. *Paris*, 1873-74, 5 vol. in-12, br.

719. Selections from the early ballad poetry of England and Scotland, edited by Richard John King. *London, W. Pickering*, 1842, in-12, percal.

720. The Channel Islands, by David Thomas Ansted and Robert Gordon Latham. *London*, 1862, in-8 illustré, cart. toile rou., fil., tête dor., n. rog.

721. Le Livre des Snobs, trad. de l'angl. par G. Guiffrey. *Paris, Hachette*, 1867, in-12. — A travers les Espagnes, par A. Meylan. *Paris, Sandoz*, 18[illegible]6, in-12. — Les Poëmes nationaux de la Suède moderne. *Paris*, 1867. — Ensemble 3 vol. in-12, br.

722. L'Archipel des îles normandes, Jersey, Guernesey, Auregny, Sark et dépendances. Institutions communales, judiciaires, féodales de ces îles, etc., par Théodore Le Cerf. *Paris*, 1863, in-8, dos et coins de maroquin rouge, tr. jasp.

723. Jersey : ses antiquités, ses institutions, son histoire, par M. de La Croix. *Jersey*, 1859-61, 3 vol. in-8, cart. percal.

724. La Ville de Saint-Hélier, épisode historique d'une histoire inédite de Jersey, par M. de La Croix. *Jersey*, 1845, in-8, dem.-bas. n., avec coins.

725. Les Manuscrits de Philippe Le Geyt, écuyer, lieutenant-bailli de l'île de Jersey, sur la constitution, les lois et les usages de cette île. *Jersey*, 1846-47, 4 vol. in-8, cart. toile.

726. Tableaux historiques de la civilisation à Jersey, résumé philosophique des mœurs, coutumes, lois, etc., par John Patriarche Ahier. *Jersey*, 1852, in-8, cart.

ITALIE ET ESPAGNE

727. Historiæ Augustæ scriptores VI, cum notis J. Casauboni, Cl. Salmasii et J. Gruteri, acc. Corn. Schrevelio. *Lugd.-Batav.*, *Hackii*, 1661, in-8, titre gravé, maroq. rou., fil., tr. dor. (*Anc. reliure.*)

Bel exemplaire.

728. Rome au siècle d'Auguste, ou Voyage d'un Gaulois à Rome, par Ch. Dezobry. *Paris*, 1875, 4 vol. in-8, cartes et figures, dem.-chag. rou.

729. Histoire des républiques italiennes au moyen âge, par Simonde de Sismondi. *Paris*, *Treuttel et Wurtz*, 1826, 16 vol. in-8, demi-rel. (*Mouillures.*)

730. Histoire de la république de Venise, par P. Daru. *Paris*, *Didot*, 1821, 8 vol. in-8, v. gaufré.

731. Histoire de la renaissance de la liberté en Italie, par Simonde de Sismondi. *Paris*, 1832, 2 vol. in-8, dem.-chagr. vert, av. coins.

732. Itinéraire descriptif de l'Espagne, par le comte de Laborde. *Paris*, *Didot*, 1827, 6 vol. in-8, cartes et atlas in-4, dem.-v. f.

733. Historia general de España, por el padre Juan de Mariana, ilustrada con notas historicas y criticas, por el doctor don José Sabau y Blanco. *Madrid*, 1817-22, 20 vol. in-8, br. (*Mouillures.*)

734. Coleccion de los viajes y descubrimientos que hicieron por mar los espanoles desde fines del siglo xv, cordina é illustrada por dom Martin Fernandez de Navarete. *Madrid*, 1837-1858, 5 vol. in-4, cartes, dem.-v. f. avec coins, tr. supér. dor., n. rog.

735. Varias antiguedades de España, Africa y otras provincias, por el doctor Bern. Aldrete. *En Amberes a costa de Juan Hasrey*, 1614, in-4, fig., bas. (*Tache d'encre au fol.* 179.)

736. Descripcion del real monasterio de San-Lorenzo del Escorial, por el R. P. Fr. Andres Ximenez. *Madrid*, 1764, in-fol., pl., bas. m. (*Rel. fatiguée.*)

737. Historia del real monasterio de San-Lorenzo del Escorial, por don José Quevedo. *Madrid*, 1854. — Manual de viajeros San-Lorenzo del Escorial, por D. Francisco Villamartin. *Madrid*, 1866. — Ensemble 2 vol. in-8, fig., dem.-chagr. br.

738. Obras poeticas de don Nicasio Alvarez de Cienfuegos. *Madrid, Imprim. real*, 1816, 2 vol. in-12, pap. vélin, marron. av. coins, tr. supér. dor., n. rog. — Poesias completas. — Poesiás póstumas de Juan Clemente Zenea. *New. York et Madrid*, 1871-72, 2 vol. in-12, dem.-chagr. av. coins, br.

739. Todas las Obras del famosissimo poeta Juan de Mena, con la glosa del comendador Fermen Nuñez, sobre las trezientas, agora nuevamente corregidas y emmendadas. *Anvers, en casa de Martin Nucio*, 1552, pet. in-8, mar. (*Quelques taches d'huile à la fin du vol.*)

Très-rare.

740. Colleccion de trozos escogidos de los mejores hablista, en prosa y verso, por C. de Ochoa. *Madrid*, 1862. — Collection de piezas escogidas sacadas del teatro moderno. *Madrid*, 1864. — Miscelánea de literatura, viajes y novelas. *Madrid*, 1867. — Ens. 3 vol. in-12, portr., dem.-v. f.

741. El Palo y el Sable, teoria para el perfeccionamiendel manejo del sable, por la esgrima del palo corto en 25 lecciones illustr. con 37 luminas y 74 figuras, por D. Balbino Cortès. *Madrid*, 1851, pet. in-4 obl., dos et coins dem.-chagr.

742. History of Spanish literature by George Ticknor. *London*, 1863, 3 vol. in-8, cart. percal. bl., n. rog.

ASIE — AFRIQUE — AMÉRIQUE

743. Voyage dans l'Asie Mineure, en Mésopotamie, à Palmyre, en Syrie, en Palestine et en Egypte, par B. Poujoulat. *Paris*, 1840, 2 vol. in-8, dem.-chagr. rou. av. coins.

744. A Picturesque Voyage to India by the way of China, by Thomas and William Daniell. *London*, 1810, in-4 obl., planches coloriées, dem.-chagr. v.

745. Description de l'Afrique, trad. du flamand d'O. Dapper. *Amst.*, 1686, in-fol., cartes. (*Ex. fatigué.*)

746. Chronica do descobrimento e conquista de Guiné, escrita por G.-E. de Azurara, traslad. Do Visconde da Carreira, preced. de uma introd. et illustrada, com algumas notas V. de Santarem. *Paris*, 1841, in-4, portr. color., v. bl., fil., tr. dor.

747. Découverte de l'Amérique par les Normands au xe siècle, par G. Gravier. *Paris, Maisonneuve*, 1874, pet. in-4, cartes, broché.

748. Relation du voyage des dames religieuses Ursulines de Rouen à la Nouvelle-Orléans, avec une introduction et des notes par G. Gravier. *Paris, Maisonneuve*, 1862, pet. in-4, pap. vergé, br. (*Tiré à petit nombre.*)

749. Découvertes et Etablissements de Cavalier de La Salle, de Rouen, dans l'Amérique du Nord, par Gabriel Gravier. *Paris, Maisonneuve*, 1870, 2 vol. gr. in-8, portr. et pl., br., n. c.

750. Origen de los Indios de el Nuevo-Mundo e Indias occidentales, por el Padre Fr. Gregorio Garcia. *Madrid*, 1729, pet. in-fol., dem.-chagr.

751. Mœurs des sauvages américains, comparées aux mœurs des premiers temps, par le P. Lafiteau. *Paris, Saugrain l'aîné*, 1724, 2 vol. in-4, fig. et pl., v. m.

752. Historia de la conquista de Mexico, por don Antonio de Solis. *Madrid*, 1783, 2 vol. in-4, portr. et fig. gr. par Moreno, v. rou., fil.

753. Histoire verdadera de la conquista de la Nueva-España, escrita por el cap. Bernal Diaz del Castillo. *Madrid*, 1795, 4 vol. pet. in-12, bas. m.

754. Historia des nations civilisées au Mexique et de l'Amérique centrale durant les siècles antérieurs à Christophe Colomb, par l'abbé Brasseur de Bourbourg. *Paris*, 1857-1859, 4 vol. gr. in-8, br.

755. Ensayo chronologico para la historia general de la Florida, escrito por don Gabr. de Cardenas. *Madrid*, 1723, in-fol., parch.

756. La Florida del' Inca, historia del Atlantado, Hernando de Soto, governador de la Florida, y de otros heroicos caballeros españoles, e indios, escrita por Garciluso de La Vega. *Madrid*, 1723, in-fol., parch. (*Rare*.)

757. Primera parte de los comentarios reales, que tratan del origen de los Yncas, reyes que fueron del Perú, de su

idolatria, leyes, etc. La historia general del Perú (2e partie), por Garciluso de La Vega. *Lisboa, Craesbeck,* 1609, 2 vol. pet. in-fol., parch.

Edition originale peu commune et qui est très-recherchée. — Le feuillet page 151 de la première partie est manuscrit. Le titre du 2e volume est doublé. Quelques taches et raccommodages.

758. Noticias secretas de America, sobre el estado naval, militar, y politico de los reynos del Perú y provincias de Quito, costas de Nueva-Granada y Chile, por don Ant. de Ulloa, edited por don David Barry. *Londres,* 1826, gr. in-4, portr., dem.-v. f., av. coins, tr. sup. dor., n. rog.

759. Histoire naturelle et morale des Antilles de l'Amérique, par Roquefort. *Amsterd., Arnould Leers,* 1658, in-4, frontisp. et fig., dem.-mar. rouge.

760. Flora cubana. Enumeratio nova plantarum Cubiensium, vel revisio catalogi Grisebachiani, exhibens descriptiones generum specierumque novarum, Caroli Wright (Cantabrigiæ) et Francisci Sauvalle synonymis nominibusque vulgaribus Cubensis adjectis. Auctore Francisco A. Sauvalle, Academiæ scientiarum Havanensis. *Havanæ,* 1873, in-4, broché.

761. Histoire physique et politique de l'île de Cuba, par Ramon de la Sagra. *Paris,* 1844, 2 vol. in-8, pl., dem.-bas. — Historia de Cuba, por P. Santacilia. *Nueva-Orléans,* 1859, in-8, dem.-rel. — Morales Lemus y la revolucion de Cuba, por H. Piñeyro. *Nueva-York,* 1871, in-8, dem-mar., av. coins, tr. sup. dor., n. rog.

762. Historia général de Guipúzcoa, por Nic. de Soraluce y Zubizarreta. *Vittoria,* 1870, 2 vol. in-8, carte, dem-chagr. brun.

763. Quatre lettres sur le Mexique. Exposition du système hiéroglyphique mexicain, la fin de l'âge de pierre, commencement de l'âge de bronze, etc., d'après le Teo-Amoxtli, par Brasseur de Bourbourg. *Mexico,* 1868, gr. in-8, pap. vél., fig., br.

764. Les Etats-Unis d'Amérique en 1863, par John Bigelow. *Paris,* 1863, in-8, percal., br.

765. Histoire des Etats-Unis, par Ed. Laboulaye. *Paris, Charpentier,* 1868, 3 vol. in-12, dos et coins de mar. rou., tr. sup. dor., n. r.

Noblesse. — Chevalerie.

766. Recherches sur la noblesse, par Maugard. *Paris*, 1788, in-8, dem.-mar. avec coins, n. rog.

767. Simonis Simonii Lacensis de vera nobilitate. *Lipsiæ*, 1772, pet. in-4, parch.—Tableau des ordres de chevalerie, depuis le commencement du IVe siècle, par Lablée. *Paris*, 1807, in-12, dem.-chagr. n. — Abrégé historique des ordres de chevalerie anciens et modernes (par Hermant). *Bruxelles*, 1776, in-12, v. m., fil.

768. Nouvelle Méthode raisonnée du blason, par le P. Menestrier. *Lyon*, 1770, in-8, nombr. blasons, v. m. (*Incomplet du titre et du frontispice.*)

769. Nouvelle Méthode du blason, par le Père Ménestrier. *Lyon*, 1770, in-8, fig., v. (*Manque le titre et 2 ff. prélim.*)

770. Nouveau Manuel complet du blason, par Jules Pautet. *Paris, Roret*, 1843, in-18, blasons, br. (*Epuisé.*) — Traité historique du blason, par Dupuy-Demportes. *Paris*, 1754, in-12, v. m. (*Tome Ier.*)

771. S'ensuivent les noms et armes des commandeurs et chevaliers de l'ordre du Saint-Esprit, par d'Hozier. In-fol., 50 pl. de blasons, parch.

772. La Chasse royale, composée par le roy Charles IX, pub. par H. Chevreul. *Paris, Potier*, 1857, in-12, pap. de Holl., br. — Dictionnaire des chasses, par Langlois. *Paris*, 1769, in-12, bas. m.

Biographie.

773. Histoire de Jules César. *Paris*, *Plon*, 1865, 2 vol. in-8 et 2 atlas gr. in-4, br.

774. Les La Boderie, étude sur une famille normande, par le comte de La Ferrière-Percy. *Paris*, 1857, in-8, portraits, dem.-maroq. rou., n. rog. (*Tiré à petit nombre.*)

775. Vita di Benvenuto Cellini orefice escultore Fiorentino da lui medesimo scritta, con note da Gio. Palamede Carpani. *Milano*, 1806-11, 3 vol. in-8, portr., vél.

776. La Vie de messire Gaspar de Coligny, seigneur de Chastillon, admiral de France, à laquelle sont ajoutés ses Mémoires sur ce qui se passa au siége de Saint-Quentin. *A Leyde, chez Bonav. et Abr. Elsevier*, 1643, pet. in-12

de 4 ff. prélim., texte de la vie 143 p., Mémoires 88 p., y compris un titre particulier, v. f. (*Titre doublé.*)

Haut. 125 millim. Rare et recherché. Adry ajoute que c'est un des meilleurs Elseviers et que cette vie est traduite du latin de Jean de Serres. (*Pieters*, page 137.)

777. Histoire de Pierre Terrail, seigneur de Bayart, dit le bon Chevalier sans peur et sans reproche, par A. de Terrebasse. *Paris, Ladvocat*, 1828, in-8, dem.-bas.

778. Eloge de Molière, par Chamfort. *Paris*, 1769. — Eloge de Fénelon, par La Harpe, l'abbé Maury, etc. — Ensemble 5 pièces en 1 vol. in-8, v. rac.

779. Les Avantures ou Mémoires de la vie d'Henriette-Sylvie de Molière, par d'Alègre. *Amsterdam, Abraham Enclumes* (*s.d.*), 6 parties en 1 vol. in-12, v.

780. Notes historiques sur la vie de Molière, par Bazin. *Paris*, 1851, in-8, pap. vélin, carton., n. rog.

781. Vie de messire Antoine Arnaud, docteur de la maison et société de Sorbonne. *Paris et Lausanne*, 1783, 2 vol. in-8, v. gr.

782. Histoire de la vie et des ouvrages de J.-J. Rousseau. *Paris*, 1821, 2 vol. in-8, cart.

783. Histoire de la vie et des ouvrages de J.-J. Rousseau, par V.-D. Musset-Pathay. *Paris, Dupont*, 1827, gr. in-8, pap. vélin, br.

784. Histoire de la vie et des ouvrages de Voltaire, par Paillet de Warcy. *Paris*, 1824, 2 vol. in-8, portr. et fac-simile, br.

785. Histoire de Louis de Bourbon, prince de Condé. *Paris*, 1768, 4 vol. in-12, portr., plans, v. éc. (*Bel exemplaire.*)

786. Histoire du prince François-Eugène de Savoye. *Vienne en Autriche*, 1755, 5 vol. in-12, bas. m., *non coupés.*

787. La véritable Vie d'Anne-Geneviève de Bourbon, duchesse de Longueville, par de Villefore. *Amst.*, 1739, 2 tomes en 1 vol. in-12, v. br. (*Rare.*)

788. Précis historique de la vie de Mme la comtesse du Barry. *Paris*, 1774, in-12, portrait, dem.-rel., n. rog. (*Rare.*)

789. Essai sur la vie du marquis de Bouillé, pub. par son petit-fils René de Bouillé. *Paris, Amyot*, 1853, in-8, br. (*Epuisé.*)

790. Vie de plusieurs personnages célèbres des temps anciens et modernes, par Walckenaer. *Laon*, 1830, 2 vol. in-8, br.

791. Les Vies des quatre grands chrétiens français, par F. Guizot. *Paris*, 1875, gr. in-8, dem.-maroq. vert, avec coins, tr. sup. dor., n. rog.

Bibliographie.

792. Etudes pratiques et littéraires sur la typographie, par G.-A. Crapelet. *Paris*, 1837, gr. in-8, br. (*Tome Ier, seul paru.*)

793. Annales de l'imprimerie des Estienne, ou Histoire de la famille des Estienne et de ses éditions, par Ant.-Aug. Renouard. 2e édit. *Paris*, *Renouard*, 1843, in-8, br.

794. Recherches sur l'établissement et l'exercice de l'imprimerie à Troyes, contenant la nomenclature des imprimeurs de cette ville, depuis la fin du XVe siècle jusqu'en 1789, et des notices sur leurs productions les plus remarquables, avec fac-simile, par Corrard de Breban, revue et considérablement augmentée d'après les notes de l'auteur, par M.-O. Thierry-Poux. *Paris*, *Chossonnery*, 1873, in-8, papier vergé, br.

795. Le même ouvrage, en grand papier, tiré à dix exemplaires.

796. Mabillon (Joh.). Librorum de re diplomatica supplementum. *Lut.-Paris.*, 1704, in-fol., fac-simile, br., n. r.

Ouvrage curieux et recherché pour les belles planches dont il est orné. Ce Supplément manque à beaucoup d'exemplaires.

797. Paléographie des chartes et des manuscrits du XIe au XVIIe siècle, par Alph. Chassant. *Evreux*, 1839, gr. in-8, pap. vergé, pl., br. (*Rare.*)

798. La Presse périodique de 1789 à 1867, par Fernand Giraudeau. *Paris*, 1867, in-8, dem.-bas. rose.

799. Plan d'une bibliothèque universelle, étude des livres, par Aimé-Martin. *Paris*, 1854, in-8, broché.

800. Manuel du libraire et de l'amateur de livres, par J.-C. Brunet (5e édition). *Paris*, *Didot*, 1860-65, 6 vol. in-8, dos et coins de maroq. rouge, tr. peig.

Très-bel exemplaire.

801. Bibliographie instructive, ou Traité de la connaissance des livres rares et singuliers, par G.-F. de Bure. *Paris*, 1764-67, 7 vol. in-8, v. m.

802. Dictionnaire bibliographique, historique et critique des livres recherchés, par l'abbé Duclos. *Paris, Cailleau,* 1790, 3 vol. in-8, v. m.

803. Dictionnaire universel, historique, critique et bibliographique, publ. par Chaudon et Delandine. *Paris*, 1810-12, 20 vol. in-8, nombr. portr., bas. m.

804. Répertoire bibliographique, par G. Peignot. *Paris, Renouard,* 1812, dem.-v. viol.

805. Iconographie Molièresque, par Paul Lacroix. *Paris, Fontaine,* 1876, in-8, pap. de Holl., portr., fac-simile autograph., br.

806. Catalogue la bibliothèque de M. le comte Ch. de L'Escalopier, avec une notice sur sa vie, des notes historiques, littéraires, etc., publié par les soins de J.-F. Delion. *Paris, Delion*, 1866-68, 3 vol. in-8, cart. à la Bradel.

807. Catalogue des livres, manuscrits et imprimés composant la bibliothèque de M. V. Cigongne, précédé d'une notice bibliographique, par M. Leroux de Lincy. *Paris, L. Potier*, 1861, gr. in-8, br.

La bibliothèque de M. Cigongue, qui était considérée comme la plus belle et la plus riche en livres rares et précieux existant alors à Paris, n'a pas figuré en vente publique; elle a été achetée à l'amiable par Mgr le duc d'Aumale. — Le Catalogue, tiré à petit nombre, a été publié pour conserver le souvenir de cette précieuse bibliothèque.

808. A general of books, offered to the public at affixed prices by Bernard Quaritch. *London,* 1874, in-8 de 1889 pages, demi-chagr. rou.

SUPPLÉMENT

809. La Sainte Bible, en latin et en français, par Lemaistre de Saci. *Paris, Guil. Desprez*, 1717, 4 vol. in-fol., v. gr.

810. Breviarium Romanum ex decreto Sancrosancti Concilii Tridentini restitutum. *Colon. Agrippinæ, Corn. ab Egmondt,* 1690, in-fol., fig., lettres orn., car. r. et n., dem.-rel., tr. dor. (*Titre doublé.*)

811. L'Anti-Lucrèce, sur la religion naturelle, composé par M. le cardinal de Polignac, trad. par de Bougainville. *Paris,* 1749, 2 vol. in-8, portrait d'après Rigaud, vignettes d'Eisen, maroq. rou., fil., tr. dor. (*Légère cassure à la page* 241 *du tome II.*)

Bel exemplaire dans une reliure ancienne bien conservée.

812. Apologie ou Défense contre une response des ministres de la nouvelle église d'Orléans, escripte en leur nom, par *Je ne scay qui* et se nommant *L'un pour tous*, par Gentian Hervet, d'Orléans. *Paris, chez Nic. Chesneau*, 1561, pet. in-8, cart. percal. à la Bradel.

813. Deux Épistres aux ministres, predicans et supposts de la congrégation et nouvelle église, de ceux qui s'appellent fidèles, et croyans à la parole, par Gentian Hervet, d'Orléans. *Paris, chez Nic. Chesneau*, 1561. — Epistre ou Advertissement au peuple fidèle de l'Eglise catholique, touchant les différens qui sont aujourd'huy en la religion chrestienne, par le même. *Paris, Nic. Chesneau*, 1561. 2 ouv. en un vol. in-8, cart. percal. à la Bradel.

814. Les Economies royales de Sully. Nouv. édit., par l'abbé Baudeau. *Amst.*, 1775, tome Ier, avec les observations, 3 parties en 2 vol. in-8, maroq. rou., fil., tr. dor. (*Anc. rel.*)

Bel exemplaire.

815. De la Philosophie de la nature, ou Traité de morale pour le genre humain (par Delisle de Sales). *Londres*, 1789, 7 vol. in-8, titre gr., jolies figures, cart., n. rog.

816. Histoire naturelle des singes et des makis, par J.-B. Audebert. *Paris*, 1810, in-fol., pap. vélin, planches coloriées, cart., n. rog.

---

817. Chefs-d'œuvre de l'Art antique, architecture, peinture, statues, bas-reliefs, etc., etc., par Lenormant et Robiou. *Paris, Lévy*, 1867, 7 vol. in-4, planches (794), demi.-rel. toile, n. r.

1re série : Monuments de la vie des anciens. — 2e série : Monuments de la peinture et de la sculpture.

818. Antiquités nationales, ou Recueil de monuments pour servir à l'histoire générale et particulière de l'Empire français, tels que tombeaux, inscriptions, statues, vitraux, fresques, etc., par Aubin-Louis Millin. *Paris*, 1790-92, 4 vol. in-4, planches, v. gr., fil., tr. dor. (*Tomes 1 à 4.*)

819. Chefs-d'œuvre de Jacob Ruysdael, notice et eaux-fortes de Bronislas Zaleski. *Paris, s. d.*, in-4 obl., planches (5), cart. toile rouge.

820. La Vie des peintres flamands, allemands et hollandais, par J.-B. Descamps. *Paris, Ant. Jombert*, 1753-64, 4 vol. in-8, portraits gravés par Ficquet. — Voyage pittoresque de la Flandre et du Brabant, par le même; nouv. édit., aug-

mentée de notes, par Ch. Rœhn. *Paris, Barba*, 1838, in-8, carte et pl. — Ens. 5 vol. in-8, dem.-v. f.

821. Costumes historiques des XIIe, XIIIe, XIVe et XVe siècles, dessinés et gravés par Paul Mercuri, texte historique par Camille Bonnard; nouv. édit., révisée par Ch. Blanc. *Paris*, 1860-61, 3 vol. gr. in-4, planches color., cart., n. rog.

822. Costumes historiques des XVIe, XVIIe et XVIIIe siècles, dessinés par E. Lechevallier-Chevignard, gravés par L. Flameng et autres, avec un texte historique par G. Duplessis. *Paris*, 1867-72, 2 vol. in-4, planches color., cart., n. rog.

823. Histoire du Palais-Royal. *Paris*, 1834, in-4, planches (62), demi-v. vert.

824. Histoire et Description du château d'Anet, depuis le Xe siècle jusqu'à nos jours, précédée d'une notice sur la ville d'Anet, terminée par un sommaire chronologique sur tous les seigneurs qui ont habité le château et sur ses propriétaires, et contenant une étude sur Diane de Poitiers, par L. Désiré Roussel, d'Anet. *Paris, Jouaust*, 1875, pet. in-fol., titre encadr., pl. noires et chromolith., eaux-fortes, br. (*Exemplaire neuf.*)

825. L'Art en Alsace-Lorraine, par René Ménard. *Paris*, 1876, in-4, nombr. fig. et eaux-fortes, br. (*Exemplaire neuf.*)

Les gravures ont été exécutées sous la direction de Léon Gaucherel. (*Légère cassure à la page* 219.)

826. Flore ornementale, essai sur la composition de l'ornement, par Ruprich-Robert. Ouvrage contenant 150 pages de texte avec 105 vignettes et 152 planches grav. par Cl. Sauvageot. *Paris, Dunod*, 1876, in-fol., en carton.

827. Anacréon. Recueil de compositions dessinées par Girodet, avec la traduction en prose de ce poëte faite également par Girodet. *Paris, impr. de Didot*, 1825, gr. in-4, pap. vélin, planches (54), demi-v. rose, *n. rogné.*

828. Les Perles, pièces d'écrin artistique et littéraire. Les diamants, poésie, littérature, par le bibliophile Jacob. *Paris, veuve J. Renouard*, 1867, in-fol., fig., dem.-maroq. rou., avec coins, tr. sup. dor., n. rog.

Belle publication ornée de nombreuses et fort jolies gravures anglaises en taille-douce.

829. Histoire de la caricature et du grotesque dans la littérature et dans l'art, par Thomas Wright. Illustrée de 232 gravures intercalées dans le texte, notice par A. Pichot. *Paris*, 1875, gr. in-8, dem.-chagr. rou., tr. peig.

830. L'Illustration, journal universel. *Paris, Dubochet,* de mars 1843 à août 1859, 34 vol. gr. in-4, dem.-bas.

831. L'Illustration, journal universel. *Paris,* années 1855 à 1859, 10 vol.; janv. à juin 1867, et 1868 à juin 1871, 8 vol. Ens. 18 vol., dem.-bas. et brochés.

---

832. Homère. Iliade, traduction nouvelle, par P. Lagrandville, accompagnée de gravures d'après Marillier et d'un portrait d'Homère tiré d'une médaille antique. Notice par J. Janin. *Paris, Lévy,* 1871, gr. in-8, pap. vergé de Holl., fig. avant la lettre, cart., n. rog.

Tiré à 12 exemplaires. N° 4.

833. Titus Livius Patavinus, opera omnia. *Parisiis, Lemaire,* 1822-25, 12 vol. in-8, dem.-v. fauve.

834. Les Comédies de Térence, avec la traduction et les remarques de Mme Dacier. Nouv. édit., corrigée. *Amst., Barbou,* 1768, 3 vol. in-12, front. gr. et nombr. fig. au trait de B. Picart, v. f., fil., tr. dor.

835. La Lusiade de Louis Camoens, poëme héroïque en dix chants. *Paris,* 1776, 2 vol. in-8, 10 figures, v. jasp., fil.

836. Œuvres en vers et en prose de Desforges-Maillard. *Amst.,* 1759, 2 vol. in-12, beau portr. gr. par Tanjé, vign. et culs-de-lampe, v. gr. — Les Saisons, poëme, trad. de l'anglais de Thompson. *Londres,* 1780, in-16, pap. azuré, v. f., fil., tr. dor.

Beaux exemplaires.

837. Julie, ou la Nouvelle Héloïse, par J.-J. Rousseau. *Londres,* 1774, 2 vol. in-4, portr. gr. par Saint-Aubin et figures de Moreau avant et avec la lettre, v. m.

838. Les Nouvelles françaises, par M. d'Ussieux. *Paris, Nyon,* 1783, 3 vol. in-8, figures, vign., fleurons et culs-de-lampe par Binet, Desrais et Martini, v. jaspé, fil.

839. Le Décaméron françois, par d'Ussieux. *Paris, Nyon,* 1783, figures, vignettes, fleurons et culs-de-lampe d'Eisen, Desrais, grav. par Baquerel et Fessard, v. jaspé, fil.

840. Contes d'Hamilton, publiés avec une notice de M. de Lescure. *Paris, Jouaust,* 1873, 4 tomes en 2 vol. in-12, pap. vergé, dem.-maroq. bl., avec coins, tr. supér. dor., non rognés. (*Tiré à petit nombre.*)

841. Les Souffrances du jeune Werther, par Gœthe, traduites par le comte H. de La B... (La Bédoyère). *Paris,*

imprim. de Crapelet, 1845, in-8, figures de Tony Johannot, pap. vergé de Holl., dem.-chagr. vert, tr. supér. dor., *non rogné*.

842. Mémoires de madame d'Epinay, publ. par Paul Boiteau. *Paris, Charpentier*, 1863, 2 vol. in-8, dem.-chagr. bl., tr. peigne.

843. Voyage de Chapelle et Bachaumont, publ. par Jouaust. *Paris*, 1874.—Le Neveu de Rameau, publ. par H. Motheau. *Paris, Libr. des bibliophiles*, 1875. — Ens. 2 ouvrages en 1 vol. in-12, papier vergé, demi-maroq. bl., avec coins, tr. sup. dor., n. rogné.

Tiré à petit nombre.

844. Voyages fantastiques de Cyrano de Bergerac, publ. par Marc de Montifaud. *Paris, Jouaust*, 1875, in-12, pap. vergé, dem.-chagr. bl., tr. supér. dor., n. rog. — La Mort d'Agrippine, veufve de Germanicus, tragédie, par le même. *Paris, Jouaust*, 1875, in-8, pap. vergé, dem.-chagr. rou., tr. supér. dor., n. rog.

845. Voyage autour de ma chambre, par Xavier de Maistre. *Paris, Jouaust*, 1872. — Voyage de Laponie de J.-F. Regnard, précédé d'une notice, par Aug. Lepage. *Paris, Jouaust*, 1875. 2 ouvr. en 1 vol. in-12, pap. vergé, demi-maroq. bl., avec coins, tr. sup. dor., n. rog.

Tiré à petit nombre.

846. Ed. Laboulaye. Le Prince Caniche. — Abdallah, ou le Trèfle à quatre feuilles, conte arabe. — Nouveaux Contes bleus. *Paris, Charpentier*, 1873-74, 3 vol. in-12, dem.-chagr. bl., rou. et br.

847. Albert Miral. Feuilles mortes, 1870-1875. *Paris, Jouaust*, 1875. — Désy Ravon. Roses noires, poésies. *Paris, Jouaust*, 1875.—Ens. 2 vol. in-12, dem.-chag. vert et br.

848. P.-J. Stahl. Les Patins d'argent, histoire d'une famille hollandaise, dessins de Téoph. Schuler, gravures par Pannemaker. *Paris, s. d.*, gr. in-8, tr. supér. peign., n. rog.

849. Les Deux Filles du Squatter, par Mayne-Reid. *Paris, s. d.*, gr. in-8 illustré, dem.-chagr. bl., tr. peign.

850. Olivier, poëme par François Coppée. *Paris, Lemerre*, 1876. — Rapsodies mirifiques. *Paris, Jouaust*, 1875. — — Ens. 2 vol. in-8, demi-maroq. br., tr. sup. dor., n. r.

Tiré à petit nombre.

851. Fusains et Pastels. Le Collectionneur, par Louis Judicis. *Paris, Lemerre*, 1875, pet. in-12, dem.-chag. rou.—

Alger et la Colonisation, par le général P***. *Paris, Jouaust,* 1875, in-12, dem.-chagr. br.

852. Tribuns et Courtisans, par Victor de Laprade. *Paris, Lemerre,* 1875, in-12, demi-maroq. Laval., tr. sup. dor., n. r.

853. OEuvres complètes de H. de Balzac. *Paris, Mich. Lévy,* 1869-73, 23 vol. gr. in-8, demi-v. f., tr. peign.

Bel exemplaire.

854. OEuvres de Boileau-Despréaux. *Paris, impr. de Crapelet,* 1798, in-4, papier vélin, beau portrait et 9 figures de Monsiau, v. rac., fil., dent., tr. dor. (*Reliure fatiguée.*)

855. OEuvres complètes de Mathurin Regnier, accompagnées d'une notice, d'un glossaire et d'un index, par E. Courbet. *Paris, Lemerre,* 1875, in-8, pap. vergé, fac-simile, dem.-maroq. rou., tr. sup. dor., n. rog.

Tiré à petit nombre.

856. Dictionnaire historique et critique, par P. Bayle. *Rotterdam,* 1720, 4 vol. in-fol., v. fauve.

Bel exemplaire de cette édition recherchée.

857. Rivalité de François Ier et de Charles-Quint, par Mignet. *Paris, Didier,* 1875, 2 vol. in-8, dem.-chagr. viol., tr. peig.

858. Lettres inédites adressées par le poëte Robbé de Beauveset au dessinateur Aignan Desfriches, pendant le procès de Rob.-Fr. Damiens (1757), publiées par Georges d'Heylli. *Paris,* 1875, in-12, pap. vergé, demi-maroq. br., tr. sup. dor., n. r.

Tiré à petit nombre.

859. Histoire de France jusqu'à la Révolution de 1789, par Anquetil, suivie de la continuation jusqu'à nos jours, par Baude. *Paris, Garnier, s. d.,* 4 tomes en 8 parties gr. in-8, fig. et portraits, br.

860. La Révolution, par Edgar Quinet. *Paris,* 1869, 2 vol. in-8, dem.-chagr., tr. peig.

861. Marie-Antoinette et le Procès du collier, d'après la procédure instruite devant le Parlement de Paris, par Emile Campardon. *Paris, Plon,* 1863, gr. in-8, pl. fac-similes, demi-chagr. vert, tr. peig.

862. Lettres historiques sur l'état de la France en 1805 et 1806. *Londres, Harris,* 1806, 3 vol. in-12, dem.-chagr. bl., tr. peign.

863. Histoire de la guerre de 1813 en Allemagne, par le lieutenant-colonel Charras. *Paris,* 1870, gr. in-8, cartes, demi-chagr. vert.

864. Histoire de la campagne de 1815. Waterloo, par le lieutenant-colonel Charras. *Paris*, 1869, 2 vol.; atlas, 1 vol. — Ens. 3 vol. in-8, demi-chagr. vert.

Bel exemplaire.

865. Archives de la Comédie-Française. Registre de La Grange (1650-1685), précédé d'une notice biographique. *Paris, J. Claye*, 1876, in-4, br., couv. vél.

866. Le Dit des rues de Paris (1300), par Guillot (*de Paris*), avec préface, notes et glossaire, par Edgar Mareuse, suivi d'un plan de Paris sous Philippe le Bel. *Paris, Libr. générale*, 1875, in-12, pap. vergé, demi-maroq. bl., tr. sup. dor., n. rog.

Tiré à petit nombre.

867. Paris, ses organes, ses fonctions et sa vie dans la seconde moitié du XIXe siècle, par Max. du Camp. *Paris, Hachette*, 1875, 6 vol. in-8, demi-v. f., tr. peig.

Bel exemplaire.

868. Voyages célèbres et remarquables faits de Perse aux Indes orientales, par Jean-Albert de Mandelslo, trad. par de Wicquefort. *Amsterdam*, 1727, 2 vol. pet. in-fol., cartes, pl. et fig., bas. m. (*Rare.*)

869. Les Vies des hommes illustres, par Plutarque, traduites en français, par Ricard. *Paris, P. Didot*, 1849, 2 vol. gr. in-8 à 2 col., demi-ch. violet.

870. SOCIÉTÉ DE L'HISTOIRE DE FRANCE. *Paris, Renouard*, in-8, br.

1° Orderici Vitalis, historiæ ecclesiasticæ. Tomes I, II, III.
2° Procès de Jeanne d'Arc. 5 vol.
3° Registres de l'Hôtel de ville de Paris pendant la Fronde. 3 vol.
4° Vie de saint Louis, par Le Nain de Tillemont. 6 vol.
5° Choix de mazarinades. 2 vol.
6° Mémoires de Mathieu Molé. 4 vol.
7° Histoire de Charles VII et de Louis XI. 4 vol.
8° Chronique des Valois. 1 vol.
9° Miracles de saint Benoît. 1 vol.
10° Mémoires de Beauvais-Nangis. 1 vol.
11° Chronique de Mathieu d'Escouchy. Tomes I et II.
12° Commentaires et Lettres de Blaise de Monluc. 5 vol.
13° Œuvres de Brantôme. Tomes II à V.
14° Comptes de l'hôtel des Rois de France. 1 vol.
15° Rouleaux des morts. 1 vol.
16° Œuvres de Suger. 1 vol.
17° Mémoires de Mme de Mornay. 2 vol.
18° Annales de Saint-Bertin. 1 vol.
19° Chronique d'Ernoul. 1 vol.
20° Un lot de 7 vol. divers.

Paris. — Imp. Gauthier-Villars, quai des Grands-Augustins, 55.

www.ingramcontent.com/pod-product-compliance
Ingram Content Group UK Ltd.
Pitfield, Milton Keynes, MK11 3LW, UK
UKHW020341180726
13839UKWH00002B/840

9 782329 546032